SALTO

*H*ermlin, einer der großen Schriftsteller der DDR, erinnert sich an die dreißiger Jahre.
An Beobachtungen und Erfahrungen eines jungen Mannes aus gebildeter bürgerlicher Familie, der auf der Straße zum Kommunisten wird und so beides aus fremder Nähe wahrnimmt: das Großbürgertum, das die heraufkommenden Nazis als barbarische Horde abtut, und die Arbeiter, die sich – hilflos und oft schwankend – widersetzen.
Ein Portrait deutscher Irrungen, das uns unsere jüngste Geschichte in absurden, bitteren und außergewöhnlichen Bildern nacherzählt.

»Welch ein schönes Buch. Die Reinheit dieser Prosa ist gegenwärtig fast vergleichslos, seit Eich tot ist. Da hat sich, im Abendlicht, ein Werk leise vollendet. Ein leises Werk. Ich bin sehr bewegt.«   HANS MAYER

STEPHAN HERMLIN
ABENDLICHT

Verlag Klaus Wagenbach   Berlin

*Man sah den Wegen am Abendlicht
an, daß es Heimwege waren.*
ROBERT WALSER

VORN ZWEI OBOEN und eine Oboe da caccia, im Hintergrund Streicher und Continuo setzen mit dem Thema ein, das der Chor von Takt 24 an homophon wiederholt. Von den Wäldern atmet Kühle her. Wie schnell ist der Tag vergangen. Es hat sich eine Dämmerung aufgemacht; aus ihren Falten werden tiefere Finsternisse fallen. Wo einer fragt, werden andere keine Antwort wissen, und wo Antworten gegeben werden, werden Fragen warten. Mit Allabreve beginnt beschleunigt eine Chorfuge. Später schreitet der Alt in Ganztönen immer tiefer nach unten. Die Dunkelheit löscht die Gesichter aus, die Merkmale der Arbeit, die helleren Farben der Straßen; kein Fenster schimmert mehr, kein nachbarliches Haus, keine Siedlung wartet. Die Streicher beschreiben mit g-d-b-fis ein Kreuz. Bleibe bei uns.

WER RECHT IN FREUDEN wandern will sangen wir, der geh der Sonn entgegen. Die Sonne stand dicht über dem östlichen Bergkamm, als wir über die Innbrücke zogen. Auf der Brücke, gerade in der Mitte des breiten, unendlich langen Tales, hielt ich inne, eine Minute hindurch taub für das Rufen der Lehrer. In der Tiefe des schnellen graugrünen Wassers glaubte ich die Forellenschwärme zu erblicken, die in ihm wohnten, und sah dann fern im Süden den Berg, der das Tal abschloß, den ich meinen Berg nannte und nie vergaß, La Margna. *Und der Himmel da oben, wie ist er so weit*, wie still konnte er damals sein, noch zeichnete ihn keine Kondensspur, über den fernen Berg hinweg zog er den Blick nach oben, ließ ihn von Tiefe zu Tiefe stürzen, denn die Tiefe war nicht nur unten in den Gewässern, sie umgab mich von allen Seiten, ihr anderer Name war Stille, nirgendwo war sie tiefer als im Blau da oben, in das ich hinaufschwebte, in das ich niedersank. Mein Blick suchte, wie schon immer, die Wolken, die dahinwanderten wie ich selber, einander gleichend wie vor, wie nach Jahrtausenden, und doch so schmerzhaft unbeständig und mir bedeutend, daß kein künftiger Augenblick mehr sein würde wie dieser.

Die Sonne erstarkte, sie glühte im unheimlichen Blau hoch über den Wäldern am Hang, in deren Schatten ich hierhin und dorthin lief, Alpenrosen pflückend, die ich in meinen kleinen Rucksack stopfte; sie würden nicht verletzt werden, nicht gleich welken, es waren kräftige Blumen, die in meinem Gedächtnis weiterflammen würden, lange noch, nachdem ich die Gläser zu Hause mit ihnen gefüllt hatte.

Aus den Wäldern rief der Kuckuck, man brauchte seine Rufe nicht zu zählen, endlos lag das Leben vor mir. Der Tag wölbte sich höher, nur selten sah man Menschen, doch spürte man überall ihre ruhige, freundliche Gegenwart in den festen, jahrhundertealten

Häusern, auf den sauberen Straßen, durch die manchmal ein Wagen dahin knarrte; fern lehnte ein Hirt an seinem Stab neben den Lärchen. Stündlich fuhr der elektrische Zug durch das Tal; sein Rollen und Rauschen verhallte schnell.

Am späteren Nachmittag, wenn ich die Schule und die Mittagsruhe hinter mir hatte, ging ich am Hause der Plantas vorbei durch die Wiesen flußabwärts auf den nadelspitzen Kirchturm von Scanf zu, wo mich der alte Pfarrer erwartete, der mit mir den Cornelius Nepos las. Eine Wanduhr tickte langsam und beharrlich. Eingehüllt in das warme Licht, das in einer Säule aus tanzendem Staub und Tabaksdunst auf mein Buch fiel, folgte ich schläfrig und zufrieden den grammatikalischen Erläuterungen des Pfarrers. Auf dem Heimweg verweilte ich neben den Gruppen der Bauern, die auf der Dorfstraße beisammen standen. Ich mühte mich, nicht allzu neugierig zu erscheinen; ich lauschte dem Klang ihres ladinischen oder deutschen Redens; manchmal warf mir der eine oder andere einen gleichmütig-milden Blick zu. Ich betrachtete ihre mächtigen Gestalten, ihre breiten, dunklen Hände; was sie sprachen, verstand ich nur zum Teil. Sonntags standen sie in Feiertagskleidung neben der Kirche, die Frauen trugen die schwarz-rote goldgesäumte Tracht der Gegend. Diese Menschen flößten mir Scheu ein; sie herrschten über die Äcker, die Weiden, die Almen, die Tiere; immer wußten sie, während die Jahreszeiten wechselten, einen Tag um den anderen, was zu tun war, ihre Wege durch das Tal, ihr Verweilen an dem oder jenem Ort bildeten die Linien und Punkte eines Systems, eines Entwurfs. Sie wußten etwas, das mir unbekannt war und das ich wissen wollte.

Aber wieder wurde mein Blick emporgerissen, eine Bläue türmte sich unergründlich auf die andere, ein rötlicher Schein drang über die westlichen Bergzüge, die ersten Sterne traten zwischen den scharfen Konturen der Wölkchen blaß hervor, und, mit Grauen über die Schulter zurück blickend, sah ich hoch oben den abendlichen Adler über dem finsteren Dreieck des Piz d'Esan seine Kreise ziehen.

DIESES LANGSAME, tastende Wiederfinden des eigenen Körpers, des Ortes, der Jahreszeit, der ungefähren Stunde. Was war das doch... Durch einen Fensterausschnitt werden drei kalt funkelnde Sterne sichtbar. Es ist Winter. Aber eben war da noch eine Wärme gewesen, mehr, eine Glut, wüstenhaft, sengend, erstickend. Dabei war ich auf offener See, ja über ihr, denn ich flog, ohne daß ein Laut zu vernehmen war, in einem Gerät, das ich nicht zu erkennen, wohl aber zu steuern vermochte. Ich flog über einer so gut wie unbewegten, bleiernen, biblischen See, wie ich sie vor Jahrzehnten während eines Hochwassers auf Föhr gesehen hatte. Mein Gerät flog schnell, es war überaus wendig, ich konnte im Augenblick aus der Höhe eines Raumfliegers nach unten stoßen und dicht über der Wasserfläche dahinschießen.

All diese Unbewegtheit unter mir, oder vielmehr dieses langsame, kaum wahrnehmbare, träge Atmen der Wasser in einem Licht, das von nirgendwoher kommt. Die Winde ruhen. Keine Küste, keine Insel, kein Schiff. Aber irgend etwas sagt mir, daß ich über dem Kanal sein muß, etwa dort, wo er in die Nordsee hinaus geht. Wie kommt es denn aber, daß ich nichts von Harwich sehen kann, nichts von Holland, vielleicht bin ich doch viel weiter westlich über dem offenen Ozean. Aber gerade jetzt kann ich aus meiner sehr großen Höhe etwas sehen, ein Boot vielleicht oder eine Planke, etwas jedenfalls, das im langsamen Auf und Ab des Wassers schaukelt, und als ich tiefer gehe, ist es der Flügel eines Flugzeugs, es ist, wie ich jetzt deutlich erkenne, die Tragfläche einer Spitfire, und quer über ihr liegt ein Mann auf dem Rücken, ich ahne, was mir bevorsteht, und einen Augenblick später sehe ich meinen Bruder. Er liegt gerade neben der Kokarde, er trägt seine Mae West und die Haube mit den Kopfhörern, sein blasses Gesicht ist ein wenig gedunsen, aber fast so, wie es im Leben gewesen war, und als ich noch tiefer gehe, sehe ich, daß er etwas Weißes in der einen Hand hat, ein Blatt Papier, einen Zettel. Ich steige sofort wieder höher – man müßte Hilfe holen oder vielmehr ihn bergen lassen, damit er sein Grab bekommt und die Squadron ihren Ehrensalut schießen kann. Merkwürdigerweise wende ich mich aber nach Osten statt nach Westen. Schon liegt Land unter mir, ich kann die Küsten des Kontinents deutlich erkennen, ich bin wieder zum Raumfahrer geworden, keine Wolke stört meinen Blick, von neuem nehme ich die Hitze wahr, die mich umgibt, jetzt riecht es auch brandig, wäre es möglich, daß die Wälder unter mir brennen, ich fliege wieder sehr tief, ich streife fast die Baumwipfel, nichts brennt, keinerlei Bewegung, obwohl ich manchmal über halb oder ganz zertrümmerte Städte und Dörfer fliege, aber diese Brände da unten sind seit langem erloschen. Niemand ist zu sehen, ich fliege über die langsamen Flüsse, die zwischen flachen Ufern nach Norden ziehen, ich fliege über riesige, frisch gepflügte Felder, dann wieder über Ansammlungen langer, ebenerdiger Häuser, sind es Kasernen, Baracken, schlanke, hohe Schornsteine werden gelegentlich sichtbar neben Werkhallen, aber da ist niemand, kein Mensch, keine Bewegung, nur liegt alles in dieser toten, zähen Glut. In einer weiten Kurve wende ich mich wieder nach Westen, weit drüben taucht die See auf, unverändert schaukelt der tote Flieger auf seiner Tragfläche, unverändert hält er das weiße Blatt in seiner Hand, etwas steht darauf, ich gehe tiefer, um lesen zu können, was darauf steht, es ist kein Zettel, es ist ein Kalenderblatt und es zeigt das Datum des 22. Juni, und in diesem Augenblick beginnt um mich her ein Geheul, es ist, das weiß ich erst später, mein eigenes Schreien, denn das Kalenderblatt oder vielmehr die Macht, die es meinem Bruder in die Hand gedrückt hat, will deutlich machen, daß dieses Datum aus der

Zeit getilgt ist, es gibt diesen Tag nicht, es wird ihn nie mehr geben, es gibt nur den 21. Juni, auf den der 23. Juni folgt, und der 23. wird sein wie der 21. war, es ist so vereinbart worden, und von nun an werden alle Tage ohne Änderung einander folgen, mit dieser Lautlosigkeit, dieser Windstille, dieser Glut, diesem trägen Schaukeln der Gewässer unter einem tageszeitlosen Licht.

DIE JAHRE IN DEN BERGEN fielen mir nicht leicht, ich gewöhnte mich nur langsam an die fremden Kinder, nachdem ich so lange allein gewesen war. Mir fehlten meine Hauslehrer, meine Erzieherin, die Mädchen, alle die Menschen, die mich Tag für Tag umgeben hatten, ehe ich in das Internat kam. Sie standen unwandelbar um mich her, voll unergründlicher Weisheit und Erfahrung, stets in Sorge um mich, manchmal streng auf einer Forderung bestehend, aber immer freundlich und Vertrauen spendend. Meine Eltern sah ich die ganze Zeit nicht, nur einmal tauchten sie jung und strahlend auf, sie waren durch Italien gereist, jetzt nahmen sie mich ins Suvretta-House mit, wir aßen unter lauter fremden Leuten, am nächsten Tag war der Nationalfeiertag, als es dunkel wurde, erstrahlten Feuer auf den Berggipfeln, wir mußten vor den Hotelgästen in der Halle singen, ich sah meine Eltern in Abendtoilette unter anderen festlich gekleideten Gästen, wir sangen *In Sempach der kleinen Stadt*, wir waren im Internat auf drollige Weise patriotisch gesinnt, obwohl wir Zöglinge allesamt Ausländer waren, dann stoben meine Eltern davon und ich sah sie erst viel später wieder.

Wir wurden gut nach modernen Grundsätzen unterrichtet, ich hatte begonnen die Lehrer zu lieben, wenn auch sie alle mir nicht die abwesenden vertrauten Menschen ersetzen konnten. Am meisten liebte ich ein Fräulein Zehnder. Einmal saß sie im Gespräch mit anderen Lehrern und Lehrerinnen, ich stand zutraulich daneben, es war etwas Ernstes, ja Trauriges in ihren Gesichtern. Fräulein Zehnder wandte sich plötzlich an mich und sagte: »Wie alt bin ich wohl, was glaubst du...« Alle sahen mich erwartungsvoll an. Mir fiel es schwer, das Alter von Erwachsenen zu schätzen, es war ungreifbar; ich zögerte. »Das Seminar hat unsere Jugend verbraucht«, sagte Fräulein Zehnder leise. Zum ersten Mal fühlte ich unklar, daß es in der Welt Versäumtes, Mißlungenes, daß es Reue gab.

Der Besuch der Sonntagsschule machte mir das größte Vergnügen. Man lehrte uns die schönen Choräle von Paul Gerhardt, man las uns Erzählungen aus dem Neuen Testament vor, die wir nacherzählen mußten. Wer gut lernte, erhielt kleine Bildchen, auf denen Episoden aus der Heiligen Schrift dargestellt waren. Plötzlich schienen mir die bunten, grellen Bilder das Schönste zu sein, was ich je gesehen hatte; sie waren viel schöner als die Bilder, die mich zu Hause umgaben. Ich träumte die ganze Woche hindurch von den Bildchen, die ich am kommenden Sonntag erlangen würde. Am Sonntagnachmittag saß ich in meinem kleinen Zimmer unter dem Dach und betrachtete die Bildchen, die mich so sehr entzückten, ich sah die Stadt Emmaus in der Ferne, und im Vordergrund den Kleophas, wie er Christus begegnet. Darunter stand: Bleibe bei uns, denn es will Abend werden, und der Tag hat sich geneiget.

Der Winter dauerte zu unserer Freude lange, er begann im Oktober und endete im April. Der Schnee lag so hoch, daß der Pedell an manchen Tagen die Haustür freischaufeln mußte. Wir wurden zum Skifahren angehalten, was die meisten von uns gern und mit wachsendem Geschick taten. Einige der großen Jungen besaßen Skeleton-Schlitten, und wir blickten ihnen lange nach, wenn sie zur Crestabahn zogen.

Abends im Bett las ich den »Oliver Twist«, die Kerze sorgfältig schirmend, damit kein Lehrer auf seinem Kontrollgang den Lichtschein an der Schwelle wahrnehmen könne. Dann lag ich eine Weile im Dunkel, blickte aus dem warmen Zimmer in die eisige Nacht mit ihren großen Sternen und dachte über Oliver Twists Schicksal nach. Mich erfaßte heftiges Mitleid mit armen Kindern, die es glücklicherweise nur in Büchern gab. Diese Nächte waren fast ohne Laut, nur selten ertönte der Pfiff eines Zuges im Tal. Dann kam der Frühling, und die erstarrten Wasserfälle in den Schluchten begannen wieder zu rauschen. Lawinen donnerten die ganze Nacht durch in meinen Schlaf hinein, wenn man erwachte, bedeckte blauer und gelber Krokus die Wiesen bis hinauf, wo der nackte Fels begann. So schön dies war, traf es mich doch wie ein scharfer Schmerz. Ich war Teil einer Winterwelt geworden, einer einförmigen Weiße, in der alles zur Ruhe kam, was sonst einander widersprach, über der der Himmel tiefer blaute und die Stille unterbrochen, aber nicht gestört wurde von jenen nahen und fernen Stimmen, die hallend und deutlich das Tal hinab wanderten.

VON FRÜHEN LESEERLEBNISSEN sind mir zwei, aus gänzlich verschiedenen Gründen, merkwürdig geworden. Das erste bezieht sich auf ein Buch oder einige Bücher, das oder die ich in der Tat ganz früh, also zwischen dem sechsten und achten Lebensjahr las. Ich denke an »Tausendundeine Nacht«, daneben schieben sich aber Andersens »Bilderbuch ohne Bilder« und der »Lederstrumpf«. Daß die Grenzen, die Ränder dieser ganz unterschiedlichen Werke undeutlich werden, daß sie ineinander überzugehen versuchen, muß damit zusammenhängen, daß dargestellte Personen und Handlungen nicht so sehr wichtig waren für mich, sondern vielmehr eine vorgestellte Landschaft, eine Tageszeit, eine Aura, in denen sich Personen bewegten, ihre Handlungen vollbrachten.
Unterstützt wurde die Neigung, Atmosphärisches über das eigentlich Berichtete zu stellen, oder, wie man auch sagen könnte, in einem gegebenen Text einen zweiten, anderen zu lesen, durch beigegebene Illustrationen, deren Urheber ich vergessen, wenn ich sie überhaupt je gekannt habe. In meiner Ausgabe der Grimmschen Märchen, die ich ständig las, befand sich das Bild eines ansteigenden Wiesenhanges, über dem ein blaßblauer, mit weißen Wolken betupfter Himmel stand. Über diesen Wiesenhang stiegen, an ihm lagerten die Märchenfiguren in einer Lautlosigkeit, nach der ich mich sehnte. Als Erwachsener kam ich in einige orientalische Städte (Bagdad war nicht unter ihnen) – überall suchte ich nach den Gassen, den Basaren, in denen langsam ein heiteres und unheimliches Leben verging. Seit ich zum erstenmal »Tausendundeine Nacht« gelesen hatte, drang immer die gleiche rubinene Glut aus der Nacht der Basare, lief der gleiche kleine Wasserverkäufer durch die schweren Schlagschatten, stand die gleiche unsichtbare Sonne an einem tiefblauen Himmel über der Morgenkühle in den Häuserschluchten. Umgeben von

Armut und Verfall und dem Einbruch einer widerwärtigen Technik stand ich lange neben den Märchenerzählern an den Straßenecken. Ihre Sprache verstand ich nicht; nur in den Augen ihrer zerlumpten Zuhörer lebten die Bilder und Gestalten meiner Kindheit. Lange suchte ich nach einem Licht, das ich einmal deutlich gesehen hatte. Ich habe es nicht gefunden.

Mit dreizehn Jahren las ich zufällig das »Kommunistische Manifest«; es hatte später Folgen. Mich bestach daran der große poetische Stil, dann die Schlüssigkeit des Gesagten. Zu den Folgen gehörte, daß ich es mehrmals las, im Laufe der Jahre sicher zwei dutzendmal. In drei Ländern hörte ich bei meinem Lehrer Hermann Duncker Vorlesungen über das Manifest; Duncker, der das Werk vom ersten bis zum letzten Wort hätte auswendig hersagen können, gehörte zu jenen nicht mehr Lebenden, die noch mit Tränen der Ergriffenheit in den Augen über marxistische Theorie sprachen. Das berühmte Werk führte mich zu schwierigeren, umfangreicheren Schriften der marxistischen Literatur, aber ich kehrte immer wieder auch zu ihm zurück. Längst schon glaubte ich, es genau zu kennen, als ich, es war etwa in meinem fünfzigsten Lebensjahr, eine unheimliche Entdeckung machte. Unter den Sätzen, die für mich seit langem selbstverständlich geworden waren, befand sich einer, der folgendermaßen lautete: »An die Stelle der alten bürgerlichen Gesellschaft mit ihren Klassen und Klassengegensätzen tritt eine Assoziation, worin die freie Entwicklung aller die Bedingung für die freie Entwicklung eines jeden ist.« Ich weiß nicht, wann ich begonnen hatte, den Satz so zu lesen, wie er hier steht. Ich las ihn so, er lautete für mich so, weil er meinem damaligen Weltverständnis auf diese Weise entsprach. Wie groß war mein Erstaunen, ja mein Entsetzen, als ich nach vielen Jahren fand, daß der

Satz in Wirklichkeit gerade das Gegenteil besagte:
»... worin die freie Entwicklung eines jeden die Bedingung für die freie Entwicklung aller ist.«
Mir war klar, daß ich auch hier gewissermaßen in einem Text einen anderen Text gelesen hatte, meine eigenen Vorstellungen, meine eigene Unreife; daß aber, was dort erlaubt, ja geboten sein konnte, weil das Wort auf andere Worte, auf Unausgesprochenes hinwies, hier absurd war, weil in meinem Kopf eine Erkenntnis, eine Prophetie auf dem Kopf stand. Dennoch mischte sich in mein Entsetzen Erleichterung. Plötzlich war eine Schrift vor meinem Auge erschienen, die ich lange erwartet, auf die ich gehofft hatte.

MEINE VERWANDTEN interessierten mich nicht, ich liebte keinen von ihnen mit Ausnahme meines Onkels Herbert, der der jüngere Bruder meines Vaters war. Onkel Herbert kam selten, er tauchte nur zwei-, dreimal im Jahr auf, immer in Gesellschaft eines mächtigen Neufundländers, der schwarz und lautlos in der Diele Platz nahm. Mein Bruder und ich erhoben ein Freudengeschrei beim Erscheinen des Onkels, denn er brachte uns jedesmal schöne Bücher mit oder ein mechanisches Spielzeug, wie wir es noch nicht gesehen hatten. Wir lachten über seinen schwarzen, breitkrempigen Hut; der Onkel lächelte uns vergnügt zu. Manchmal erschien mit ihm der Maler S., dessen verführerische, in grauen und graublauen Tönen gemalte Bilder mein Vater schätzte. S. blieb dann ebenfalls für einige Tage. Das Haus war groß und wir hatten oft Gäste.

Mein Vater war kein Mann lauter Freudenbekundungen, aber die Freude leuchtete förmlich aus ihm, wenn Onkel Herbert zu uns kam. Der Onkel sah meinem Vater ähnlich, er war mittelgroß wie dieser und hatte die gleichen blauen Augen, nur war er breiter, er neigte ein wenig zur Fülle, und in seinem Lächeln lag etwas von Schwäche. Wenn er kam, schien meine Mutter, die selten zu Hause war, noch beschäftigter als sonst zu sein – von ihren Lippen drangen die magischen Namen des Modisten Gerson, des Juweliers Markus, des Friseurs Karsten. Sobald Onkel Herbert sich ein wenig erfrischt hatte, schloß sich mein Vater mit ihm für eine Weile in seinem Arbeitszimmer ein, aus dem kein Laut nach draußen drang. Wenn beide wieder zum Vorschein kamen, setzten sie sich an den Flügel und spielten die f-moll-Fantasie von Schubert und andere vierhändige Stücke. Ich hatte den Eindruck, daß sie beim Musizieren oder vielmehr durch die Musik ihre Unterhaltung fortsetzten. Onkel Herbert spielte ebensogut wie mein

Vater. Wenn mein Vater nicht zu Hause war, spielte er allein. Stets brachte er aus seinem Gepäck einen dikken Stoß Noten zum Vorschein, er spielte Komponisten, die sonst bei uns nicht zu hören waren, ziemlich neue Komponisten wie Skrjabin, Ravel und einen Engländer namens Cyrill Scott. Ich blickte, während er spielte, auf seine Hände, deren Finger vom Rauchen gelblich verfärbt waren – beide Brüder waren starke Raucher, sie rauchten sogar oft am Klavier, aber Onkel Herberts Zigaretten waren ganz verschieden von denen meines Vaters, sie hatten einen merkwürdigen süßen Geruch. Manchmal trat der Onkel leise ins Musikzimmer, wenn ich beim Üben war, er hörte mir eine Weile zu und lobte dann meine Fortschritte. Ich merkte, daß er auch vom Violinspiel manches verstand; er korrigierte meine Haltung des Kinns und der linken Hand, um mein Vibrato zu verbessern.

Nie hörte ich von ihm ein lautes Wort, nie sah ich in seinen Zügen etwas, das nicht Güte und Liebe war. Einmal stellte ich ihm eine Frage, deren kaum wahrnehmbare Wirkung mich beunruhigte. Nachdem er so oft allein mit S. zu uns gekommen war, fragte ich ihn, ob er denn ganz allein, ob er nicht verheiratet sei. Onkel Herbert verneinte mit seinem vertrauten, jetzt aber ein wenig verzerrten Lächeln. Er strich mir übers Haar und setzte sich ans Klavier.

Mir fiel auf, daß die Dienstboten Onkel Herbert mit etwas übertriebener Höflichkeit behandelten, als machten sie sich insgeheim über ihn lustig. Er schien es nicht zu bemerken; er dankte leise für eine Handreichung, eine Auskunft; ich sah, daß er dabei die Augen niederschlug.

Einmal sagte ich zu meiner Erzieherin, ich hätte Onkel Herbert ebenso lieb wie meinen Vater. Sie preßte die Lippen zusammen und blickte hart auf die Wand. »Dein Onkel ist lieb und gut«, sagte sie nach einer

Weile kalt, »aber er taugt nicht fürs Leben.« Ich wollte wissen, was das heißen sollte. »Er kann ja nur Klavier spielen und fremdes Geld ausgeben. Der gnä' Herr« – sie sprach von meinem Vater und meiner Mutter nie anders als von dem »gnä' Herrn« und der »gnä' Frau« – »der gnä' Herr hält ihn ja aus, er zahlt ja alles für ihn, es ist der reine Jammer, dein Onkel ist ja wie ein Kind... Mit dem gnä' Herrn ist er nicht zu vergleichen. Und überhaupt...« Mit diesem rätselhaften »und überhaupt« schloß sie ihre Belehrung, die auf mich geringen Eindruck machte. Mir war, als hätte ich Onkel Herbert jetzt noch lieber, weil er ihren Worten nach einem Kind glich.

Etwa um diese Zeit wurde ich ungewollt Zeuge einer Auseinandersetzung zwischen meinen Eltern, der ich keine Aufmerksamkeit geschenkt haben würde, wenn sie sich nicht, wie ich sofort erriet, um Onkel Herbert gedreht hätte. Ich saß in der Ecke eines Zimmers auf dem Boden und hatte ein Buch vor mir, als meine Eltern das Nebenzimmer betraten. Sie konnten mich nicht sehen. Meine Mutter sprach heftig auf meinen Vater ein, der sich in einen Sessel geworfen hatte. »Du solltest wenigstens einmal Rücksicht nehmen«, hörte ich meine Mutter sagen, »du weißt sehr wohl, daß diese Sorte von Menschen unzuverlässig ist.« Wie es mitunter ihre etwas törichte Art war, wiederholte sie den Satz auf englisch: »People like him are rather unreliable, you know...« »Bitte, schweig«, hörte ich meinen Vater leise sagen, »schweig jetzt, bitte...« Ich verließ das Zimmer auf Zehenspitzen, ohne daß sie mich bemerkten.

Ich muß neun Jahre alt gewesen sein, und Onkel Herbert hatte uns schon seit vielen Monaten nicht mehr besucht, als während einer Unterrichtsstunde im Hause eine Unruhe entstand. Ich hörte Hin- und Herlaufen, eine Tür schlug, unterdrücktes Reden und Klagen wurde hörbar. Ich lief aus dem Zimmer, ver-

folgt von den Ordnungsrufen und Protesten meines Hauslehrers. Auf dem Gang begegnete mir meine Erzieherin, die rotgeweinte Augen hatte; sie weinte bei jeder sich bietenden Gelegenheit. »Dein Onkel Herbert ist tot«, flüsterte sie, »welch ein Unglück...« Ich schlich mich zum Arbeitszimmer meines Vaters und öffnete leise die Tür. Mein Vater stand mit weißem Gesicht mitten im Zimmer und sah mit blindem Blick in meine Richtung.
Onkel Herbert hatte sich erschossen, irgendwo in einem anderen Land. Mein Vater fuhr zu seinem Begräbnis. Man sprach nicht mehr von ihm, man vergaß ihn allmählich, auch ich. Nur manchmal, später, in der Dämmerung, wenn ich allein im leeren Musikzimmer saß, drang noch die fremde Musik zu mir, die unter seinen unsichtbaren Händen entstanden war.

KEINER BEWEGUNG FÄHIG lag ich im Dunkel. Es war nicht wie sonst, wenn ich lief und spürte, daß meine Beine schwerer, mein Schritt langsamer wurde, während die unsichtbaren Verfolger näher kamen. Ich lag auf dem Rücken, ungefesselt, aber starr, als hätte ich weder Muskeln noch Sehnen, auch waren keine Schritte in meiner Nähe hörbar, nur ein fast lautloses Gleiten, Schleichen, Schleifen, Drängen und der Schatten unverständlicher Worte, weniger als ein Flüstern. Hier gab es keine Verfolgung, ich war längst eingeholt, ich war ausgeliefert, unsichtbare Blicke glitten über mich hin, man betrachtete mich, schätzte mich ab, man würde etwas mit mir beginnen, nur war man sich noch uneins über den Zeitpunkt, über den Eingriff, den man vorhatte. Denn um einen Eingriff mußte es sich handeln, der Gedanke wurde im Nu zur Gewißheit, man wollte mich nicht länger dulden, als das, was ich war, ich sollte ein Anderer werden, ich würde ausgewechselt werden wie ein Stück ermüdetes Metall, ich hörte eine Stimme »Je est un autre«, war es ein Zitat oder war es die Stimme von Rimbaud selbst, sie würden mir andere Sinne geben, andere Reflexe, andere Empfindungen, sie würden mich stumpf machen, wo ich scharf, nachgiebig, wo ich unbeugsam, hart, wo ich voller Mitleid war. Ich schrie auf, ich hörte mich fragen: »Wo bin ich?« und hörte die Antwort in mir oder außer mir, unverständlich, rätselhaft: »Unter einem chemischen Mantel.«

IM SOMMER 1931 fiel mir auf meinem täglichen Schulweg eine kleine Menschenansammlung vor den beiden Schaufenstern eines Zeitungsvertriebs auf. Ich trat hinzu und blieb eine Weile stehen, nachdem ich bemerkt hatte, daß die Leute in eine politische Diskussion vertieft waren. In den Schaufenstern hingen nebeneinander die Titelblätter der Berliner Zeitungen, vom nationalsozialistischen »Angriff« bis zur kommunistischen »Roten Fahne«. Die Gruppe von Männern bestand aus Arbeitslosen; die geringe Unterstützung, die sie erhielten, erlaubte den meisten nicht, eine Tageszeitung zu kaufen; hier konnten sie durch die Scheiben des Ladens wenigstens die wichtigsten Nachrichten lesen.
Es wurde mir zur Gewohnheit, täglich an dieser Stelle stehenzubleiben und den Gesprächen, die manchmal hitzig wurden, zu folgen. Das rasend um sich greifende Interesse an politischen Vorgängen hatte auch mich erfaßt; ich konnte leicht erkennen, daß die Diskutierenden drei Gruppen zuzurechnen waren: es waren Sozialdemokraten, Kommunisten oder Nationalsozialisten; Vertreter anderer Meinungen gab es nicht. Zu Hause begann man sich zu wundern: ich kam immer später zum Essen. Ich redete mich heraus, indem ich vorgab, mehr Zeit für Sport und eine Arbeitsgemeinschaft in der Schule zu brauchen.
So gut wie alle jene Männer, die ihre Zeit vor dem Zeitungsvertrieb verbrachten, waren Arbeiter oder kleine Angestellte, sie interessierten sich kaum für das, was mich bisher interessiert hatte, sie wußten nichts davon, aber ich fühlte, daß sie vieles kannten, was mir verborgen geblieben war. Es kam mir nicht in den Sinn, an ihren Gesprächen teilzunehmen. Ich blieb mehrere Wochen lang ein stummer Zuhörer.
Ich bemerkte, daß Sozialdemokraten und Kommunisten, wenn sie auch einander immer wieder mit ironischen oder gehässigen Bemerkungen bedachten, ge-

genüber den Nationalsozialisten ziemlich einig waren. Von den Argumenten, welche die drei Gruppen vorbrachten, überzeugten mich die der Kommunisten am meisten. Auch gefielen mir die Kommunisten, die ich täglich sah – sie hatten, obwohl es ihnen offensichtlich nicht gut ging, etwas Freudiges und Zuversichtliches an sich.

Ich fühlte, wie ich blaß wurde, als einer von ihnen mich eines Tages plötzlich ansprach. Es war nur wenige Tage vor dem Beginn der Sommerferien. Zwar war ich manchmal von Blicken, gleichgültigen oder wohlmeinenden, gestreift worden, aber hier trat jemand auf mich zu, zwei blaßblaue Augen sahen mir gerade ins Gesicht und eine Stimme sagte: »Na, was bist denn du für einer... Bist wohl Gymnasiast, wie?« Die Stimme klang ironisch, aber keinesfalls feindselig; ihr Klang war metallisch, aber man dachte, wenn man sie hörte, nicht an ein edles Metall, eher an das Scheppern von Blech, aus der Stimme hörte man den Willen, sich nichts vormachen zu lassen, sie war wach, illusionslos, tapfer, unschön, ich liebte die Berliner Stimmen, auch Melancholie klang in ihr, eine Melancholie, die sich selber nicht wahrhaben will. In diesem Augenblick, als der Fremde mich anredete, kämpfte in mir die Empörung über das plötzliche und selbstverständliche »Du« mit einer rätselhaften Freude. Ich gab Auskunft über mich, ja, ich besuche das und das Gymnasium, ich wohne dort und dort, ich sei gegen die Faschisten. Wir wechselten noch ein paar Worte, ehe der Fremde mich plötzlich fragte: »Na, wie ist es... Willst du bei uns Mitglied werden?« Er hatte aus seiner Jackentasche einen Zettel gezogen, ein zerdrücktes, nicht sehr sauberes Blatt, das er mir hinhielt. Der Zettel war nicht gedruckt, er war in verwischten, blassen Lettern auf einem Abziehapparat hergestellt worden und bekundete, der Unterzeichner sei von jetzt an Mitglied des

Kommunistischen Jugendverbandes Deutschlands. Damals konnte man auf der Straße seinen Eintritt vollziehen, es gab keine Bürgen und keine Kandidatur, und einem neuen Genossen wurden keine Blumen überreicht. Noch nie war ich in einer politischen Vereinigung gewesen; ich gehörte keinem Sport- oder Wanderverein an. Ich blickte auf den zerdrückten, verwischten Zettel und unterschrieb. Die Straße drehte sich langsam und unaufhörlich um mich.
Ich wußte damals nicht, was alles ich unterschrieb: die Verpflichtung, mit den Unterdrückten in einer Front zu kämpfen, von vielen, die mir bis dahin vertraut gewesen waren, als Feind behandelt zu werden, beharrlich, kaltblütig, verschwiegen zu sein, zu lernen und das Erlernte weiterzugeben, Prüfungen verschiedener Art zu ertragen, den Sinn höher zu stellen als das Wort.
Oft habe ich mich später fragen müssen, aus welchem Grunde ich an dieser Unterschrift auf einem unansehnlichen Zettel festhielt, als ich um mich so viele sah, die ihre Unterschrift widerrufen oder einfach vergessen hatten. Auch ich lernte Augenblicke kennen, in denen eine Stimme, die sich wie die Stimme der Vernunft anhörte, mir zuredete, könne denn diese Unterschrift noch gelten, in der ein später so oft enttäuschter guter Wille gelegen habe, sei ich, könne ich überhaupt noch derselbe sein, der damals unterschrieben hatte. Aber eine andere Stimme erhob sich hartnäckig gegen die erste: Der Kampf der Unterdrückten sei der Kampf der Unterdrückten, auch wenn neuerlich Hoffart und Dünkel, Verachtung und Beharren im Irrtum sichtbar würden, der Kampf führe zu neuen Bedrückungen, selbst zu Untaten, er dauere ewig, aber er trage auch das edle Siegel des Strebens nach Menschlichkeit, nach Freiheit und Gleichheit für alle. Gleichzeitig empfand ich, daß ich das Beste in mir aufgeben mußte, wenn ich je meine

Unterschrift, die ich um die Mittagszeit eines beliebigen Tages in einer beliebigen Berliner Straße geleistet hatte, als nicht mehr gültig betrachten würde.

IN MEINEM SIEBTEN LEBENSJAHR verreiste ich mit meiner Mutter, es war das einzigemal, daß ich mit ihr allein verreiste, ich hatte eines Tages einen unbestimmten Schmerz verspürt und begann zu hinken, der Hausarzt sprach von der Möglichkeit einer Hüfttuberkulose, es sei nur ein Verdacht, aber er riet zum Sanatorium des Professors Weidner in Loschwitz bei Dresden. Ein glorreicher Sommer wölbte sich über dem Haus, in dem wir ein Appartement mit einer großen Veranda bewohnten. Mehrere Ärzte unter der Leitung des Professors untersuchten mich eingehend, ich wurde geröntgt, nein, es gäbe keinen Grund zur Aufregung, man werde sehen, und es würde schon werden. Meine Mutter ging viel aus, sie traf sich in Dresden mit Bekannten, die aus Berlin kamen oder aus dem Ausland, aber zum Mittagessen war sie wieder bei mir. Junge elegante Männer erschienen zu kurzen Besuchen, sie sprachen höflich mit meiner Mutter und werbend mit mir und verabschiedeten sich bald, jeden Morgen brachte das Mädchen ein Tablett mit ein paar Visitenkarten, meine Mutter las sie und lachte übermütig, und unsere Zimmer füllten sich mit Blumen, man brachte sie in ganzen Körben, man merkte kaum, wie sie welkten, denn neue traten an ihre Stelle. Einmal kam mein Vater, er küßte mich und fragte nach meinem Befinden, er scherzte mit meiner Mutter über die Blumen und über die jungen Männer, aber es hielt ihn nicht lange, er konnte hier nicht Klavier spielen, und in Berlin erwartete ihn, wie er sagte, ein Herr Bleichröder zu einer Unterredung. Er hatte unseren Kutscher Heinrich mitgebracht samt der schwarzen Equipage und den Kutschpferden, damit meine Mutter ausfahren konnte.

Zum Abendbrot erschien regelmäßig Professor Weidner auf unserer Veranda, ein großer, rotgesichtiger Mann mit weißem Haar und in weißem Kittel; er blieb eine Weile bei uns und hatte eine delikate Art, mir ein winziges Stückchen Butter auf jedes Radieschen zu legen und mich eigenhändig zu füttern. Am schönsten war das Frühstück, das zumeist ebenfalls auf der Veranda eingenommen wurde, manchmal aber auch vor unseren Fenstern im Park, wo sich viele Bekannte an einem großen Tisch unter Sonnenschirmen einfanden, vorsichtig trat ich auf den knirschenden Kies, die jungen Männer trugen Halstücher aus changierender Seide und Tennishosen, hell klang das Lachen meiner Mutter, sie hatte das rotblonde Haar, den durchsichtigen Teint ihrer Heimat, ich saß zwischen ihr und der Schauspielerin Pola Negri, deren pelzgefütterte Morgenschuhe ich bewunderte.

Am liebsten aber lag ich in meinem Zimmer und las. Ich hatte viele Bücher mit, Andersen und Peterchens Mondfahrt und die Träumereien an französischen Kaminen. Aber ich war auch bereits ein Zeitungsleser, täglich brachte man mir die BZ am Mittag, die den umfangreichsten Sportteil aller deutschen Zeitungen aufwies, denn ich interessierte mich für Sport und wurde darin von meinem Vater bestärkt, der mich schon zu Boxkämpfen und zum Sechstagerennen mitgenommen hatte. Manchmal fiel ein unaufmerksamer Blick auch auf die politischen Seiten der Zeitung, die ich rasch umblätterte. An einem dieser Sommertage aber wurde ich von einer schreienden Zeile auf der ersten Seite gefesselt: der Außenminister Walther Rathenau war ermordet worden. Die Bedeutung des Ereignisses erfaßte ich natürlich nicht; ich wußte nicht einmal, was eigentlich ein Außenminister ist. Aber ich hörte eine Weile in meiner Umgebung von nichts anderem reden. Und während bis dahin eine Gewalttat von mir auf eine beinahe milde, entschärfte Weise wahrgenommen worden war, weil sie stets der Welt meiner Bücher angehört hatte, einer Welt, die letztenendes alles wieder in rechte Bahnen zu lenken wußte, so daß schließlich das Schreckliche seine Schrecken verlor, fühlte ich, daß hier etwas in der Wirklichkeit geschehen war, etwas Nichtwiedergutzumachendes, und unmittelbar vor den Toren, die mich so sicher vor den Gefahren des Lebens behütet hatten. Eine Bemerkung, die ich in diesen Tagen hörte, daß mein Vater nämlich diesen Rathenau, wenn auch nur flüchtig, gekannt hatte, trug zu meiner wachsenden Angst bei: der Tote stand in einer Beziehung zu mir, zum erstenmal war der Schatten einer Wirklichkeit auf mich gefallen, von der ich bis dahin nichts geahnt hatte.

In den folgenden Tagen las ich mehr über das Attentat und seine Auswirkungen: die Arbeiter hatten den Generalstreik erklärt, die Polizei verfolgte die Mörder, die Offiziere waren, sie stellte sie auf einer Burg in Mitteldeutschland, wo die Attentäter Widerstand leisteten und sich schließlich selbst töteten. Kurz vor diesem Ende hatte sich meine Angst soweit gesteigert, daß ich eines Tages, als meine Mutter wieder einmal abwesend war, einen Schreikrampf bekam: ich sah das Land, die Städte vor mir, von maskierten Mördern erfüllt, und ich war sicher, daß meine Mutter ihnen gerade in die Hände gefallen war. Herbeieilende Ärzte und Schwestern vermochten kaum mich zu beruhigen, das gelang erst meiner Mutter, die bald danach eintraf.

Der Außenminister war begraben, die Mörder und ihre Komplizen waren tot oder verhaftet, der Sommer wölbte sich von neuem grün und golden über den Gesprächen unserer Freunde, über dem Lachen meiner Mutter. Was tat es, daß ich sie nicht allein für mich hatte, daß immer andere noch um uns waren, ich empfand eine süße, einschläfernde Langeweile, während ich in meinem weißen Matrosenanzug meinen Stuhl auf dem Kies wippen ließ, es konnte nichts geschehen, es konnte mir nichts geschehen, niemand wollte mir Böses, wie gut waren doch die Erwachsenen und wie klug, wie genau kannten sie sich aus in der für mich undurchschaubaren Welt, immer stand Brot und Milch da für mich, wartete meine Geige oder ein Buch oder das Bett, wenn ich müde war. Jemand brachte mir etwas, das ich brauchte, jemand half mir beim Ankleiden, jemand fragte mich eine Lektion ab, mehr war da nicht, es war das Leben, es machte müde und glücklich. Ich ließ den Kopf in den Nacken sinken, hoch über mir zerrannen die Wolken, die nie mehr ganz so sein würden wie in diesem Augenblick. Wir würden nach Berlin zurückfahren, auch dort würde es solche Stunden geben, wenn meine Mutter mich ins Esplanade mitnahm, was freilich selten geschah, um mich ihren Bekannten zu zeigen, auch dort würde dieses Schwirren um mich sein, Bienen und Wespen über den Kuchentellern, dieses Schwirren freundlicher Stimmen, ich würde auch ohne Widerwillen auf die Kapelle hören und die schrecklichen Portamenti des Primgeigers, nur noch dazu der ferne Lärm vom Potsdamer Platz, das Gewölk am Himmel, das Gewölk an der Unterseite der Lider. Jetzt war ich fast gesund, ich war es ganz, eines Morgens war der Schmerz fort, plötzlich wie er gekommen war, ich ging und sprang wie zuvor, der Schmerz kam nie wieder, es war nichts mit der Tuberkulose, Professor Weidner hatte Recht behalten.

Ich war gesund und reiste ab mit meiner Mutter und Heinrich und den Pferden, wieder zurück in den Norden dieser Republik, die schon starb, ehe sie wirklich zu leben begonnen hatte.

VON JENEM AUGENBLICK AN, da ich begonnen hatte, Marx und Lenin zu lesen und in die Arbeiterbewegung eintrat, entstand für mich eine Bedrängnis aus dem Umstand, daß, obwohl für mich die Theorie in allen menschlichen Bereichen mehr und mehr ihre Schlüssigkeit erwies, ich auf dem Gebiet der Kunstanschauung nichts Entsprechendes zu finden vermochte. Ich fand bei den Klassikern des Marxismus wichtige, manchmal blendende Hinweise auf Dinge der Kunst, auch wenn sie oft nicht um der Kunst willen, sondern um ökonomische Entwicklungen in ein deutlicheres Licht zu setzen, niedergeschrieben worden waren. Aber schon ihre unmittelbaren Nachfolger hatten aus diesen Erkenntnissen kaum etwas gemacht; die Texte wurden als heilige Schriften behandelt, sie wurden zitiert, während eine wirkliche Arbeit damit hätte beginnen müssen, daß man diese Erkenntnisse wissenschaftlich, also immer wieder neu befragend und historisch relativierend behandelte. Ich entdeckte zu meiner Überraschung in mir einen Zug zur Theorie, der aber durchaus passiv, rezipierend war; es kam mir nie in den Sinn, einen eigenen Beitrag zur Herstellung einer neuen Ästhetik leisten zu wollen. Wesentlich für mich blieb, daß mir die Aufnahme einer Menge von kunstsoziologischen Werken, die, zusammengenommen, bald eine kleine Bibliothek ergaben, immer weniger zusagte, daß eine Übereinstimmung nicht herzustellen war, ich vielmehr mit Verdrossenheit reagierte. Daraus ergaben sich in wachsendem Maße Ängste, die ich jahre- und jahrzehntelang mit mir herumtrug, ohne mit irgend jemand darüber reden zu können. Es gab Momente, zumal in Zeiten, in denen ich verantwortungsvolle, auch gefährliche Aufgaben zu bewältigen hatte, da ich mich als einen Verlorenen, einen Unwürdigen sah, dem es, im Gegensatz zu seinen Genossen, nicht gegeben war, die einfache, allgemeingültige Wahrheit zu erkennen und anzunehmen. Dies ereignete sich, während neue Exegeten am Werk waren, von denen jeder die anderen mit Verdammungen und neuerdachten Restriktionen zu übertreffen suchte. Die Kunst des Jahrhunderts wurde mehr und mehr zu einem Pfuhl der Verdammnis, die großen Namen der Literatur, der Musik, der Malerei stellten personifizierte Übel dar, drittrangige akademische Epigonen wurden zu Genies befördert, man suchte die Wurzel des Verhängnisses, schon hatte ein Eiferer sich soweit zurückgearbeitet, daß er Flaubert und Baudelaire für dekadent zu erklären vermochte. Theorien und Begriffe entstanden aus dem Nichts, sie waren nicht zu begründen, man tat so, als seien sie längst bewiesen, man sparte nicht am Gebrauch des Wortes »wissenschaftlich«, aber man war schon weiter, Strukturen waren entstanden, Vorlesungen, Seminare, Abteilungen, Zeitschriften, Kongresse, Akademien, Professoren lehrten und Studenten wurden Professoren, und vergeblich wartete man auf das Kind aus jenem Andersenschen Märchen, das den Ruf ausstößt: »Aber der Kaiser ist ja nackt!«

Hier übertreibe ich. Noch leben die Chimären, aber sie sind gealtert, und immer weniger Zeitgenossen halten sie noch für verbindlich. Wann meine Ängste nachließen, wann sie ganz schwanden, vermag ich nicht zu sagen. Daß ich mich heute von ihnen frei weiß, ist gewiß nicht allein mein Verdienst. Die Regenerationsfähigkeit der Arbeiterbewegung ist beträchtlich – sie hat auch für mich, in mir ihre Rolle gespielt. Doch konnte ich, wenn ich das Vergangene überschlug, nicht davon absehen, daß das vergebliche Ringen um eine gar nicht wünschenswerte Übereinstimmung in einer falsch gestellten Frage mich in dreißig Jahren viel Kraft gekostet, vielleicht auch daran gehindert hatte, mehr und Besseres zu geben. Ich sah diese Möglichkeit ohne einen Anflug von

Selbstmitleid. Ich war nicht besser und nicht schlechter als die Bewegung, der ich angehörte, ich teilte ihre Reife und Unreife, ihre Größe und ihr Elend. Was mich noch einsam machte, würde Spätere zusammenschließen.

Als Kind hatte ich eines Tages, wie gewöhnlich neben meiner Erzieherin am langen Ende des Tisches sitzend, einen fremden Herrn erblickt, der beim Essen lebhaft auf meinen Vater einsprach und mir nur durch seinen ausländischen Akzent auffiel. Mein Vater hörte ihm höflich und mit emporgezogenen Brauen zu. Wie gewöhnlich sagte ich kein Wort, da Kinder, wie ich wußte, bei Tisch das Gespräch der Erwachsenen nicht zu stören hatten. Ich schenkte auch, wie üblich, dem Gespräch, das nicht für meine Ohren bestimmt war und mich nicht interessierte, keine Beachtung. Nach dem Essen, und nachdem der Fremde sich verabschiedet hatte, sagte mein Vater, dieser Mann sei ein Russe und ein berühmter Maler namens Kandinsky. »Er möchte mir ein Bild verkaufen«, sagte mein Vater, »aber ich liebe seine Bilder nicht. Ich liebe sie nicht, weil ich sie nicht verstehe.« Es gab Momente, wo mein Vater, halblaut und träumerisch, auf diese Weise ernsthaft zu mir sprach, als zweifle er nicht im mindesten daran, daß ich ihn verstünde. »Aber was bedeutet das schon«, fuhr er nach einer Weile fort, »was bedeutet das schon in der Kunst, Lieben oder Nichtlieben. Ich glaube, er ist ein großer Meister. Man kann Kunstwerke oft nicht beurteilen. Man muß warten können. Vielleicht werde ich Kandinsky eines Tages verstehen. Man muß vor der Kunst Ehrfurcht haben...« Später führte er mich ins Kronprinzenpalais, um mir die dort vorhandenen Werke Kandinskys zu zeigen.

An manchen Tagen rief mich mein Vater vor die Graphikschränke im größten Raum des Hauses, in denen schön geordnet all jene vielen Blätter lagen, die er nicht an den Wänden hatte aufhängen können. Mein Vater, wenn er auch vieles andere besaß, sammelte vor allem die deutschen Meister vom Beginn des 19. Jahrhunderts an. Er zeigte mir ein Detail auf einer Zeichnung von Caspar David Friedrich, ein Blatt von Runge, eine manieristische Studie von Blechen. Nur selten sprach er ein leises Wort. Immer spürte ich sein Vertrauen in meine Bereitwilligkeit, ihn zu verstehen, die Künstler zu begreifen, die er mich sehen ließ. Um uns war nichts als Stille, Bewunderung und Glück, ein mattes, schönes Licht fiel durch die Scheiben. Heute weiß ich, daß seine wenigen Worte, sein Hin- und Vorweisen Wichtigeres für mich enthielten als die Sophismen, mit denen ich mich später allzu lange herumschlug. Sein Schweigen lehrte mich Toleranz. Aber wir lebten in intoleranten Zeiten.

AN ERICH M., mit dem ich befreundet gewesen war, hatte ich sicherlich seit sieben Jahren nicht mehr gedacht; vor sieben Jahren hatte ich ihn zum letztenmal gesehen und ihn dann schnell vergessen. Er war der jüngste Sohn einer Arbeiterfamilie, in deren Wohnküche ich so oft wie möglich saß. Ich verbrachte damals viel Zeit in Berliner Wohnküchen, ich begegnete neuen Menschen, die mich einschüchterten, obwohl sie nicht unfreundlich waren; sie waren für mich voller Geheimnisse, wenn sie auch nur von alltäglichen Dingen sprachen. Erichs Vater hatte bei Spartakus gekämpft, er sprach selten, sah erschöpft aus und hatte es, wie Erich sagte, auf der Lunge. Die beiden Brüder Erichs arbeiteten als Spezialisten in der Sowjetunion, bei Elektrosawod. Es war die Epoche des ersten Fünfjahresplans, ich betrachtete mit stummer Begeisterung in illustrierten Zeitschriften die Bilder der neuen Städte, die Le Corbusier und Ernst May bauten; jede Woche las ich die von Karl Radek geleitete, auf schlechtem Papier gedruckte, doch in gutem Deutsch geschriebene »Moskauer Rundschau«. Wenn Erichs Brüder gelegentlich einen Urlaub in Berlin verbrachten, beredete ich sie, meine Gruppe zu besuchen. Wie schön waren diese Abende, auf die man sich schon lange vorher freute, die man kaum erwarten konnte, wo jeder jeden freudig begrüßte. Fast alle meine Kameraden waren junge Arbeitslose, viele der Jungen und Mädchen waren aus der Berufsschule zum Arbeitsamt gekommen, das sie nicht mehr loswurden, vor dem sie herumlungerten, das ihnen keine Stelle vermitteln konnte.
Ich war eine Weile ein Außenseiter gewesen; die Blicke, die mich trafen, waren mißtrauisch oder ironisch. Dann hatte ich mich bewährt, es war die Zeit eines latenten Bürgerkriegs, und ich war SA-Leuten und Polizisten nicht aus dem Wege gegangen. Es waren übrigens nicht Straßen- und Saalschlachten, die ich

fürchtete. Viel mehr beunruhigte mich die sogenannte Haus- und Hofagitation, das Klingeln an fremden Türen, die Notwendigkeit, mit Leuten, die man nie zuvor gesehen hatte, ein Gespräch zu beginnen. Ich hatte gegen die Angst, die mir solche Begegnungen verursachten, anzukämpfen und zwang sie mühselig nieder, doch erwachte sie stets von neuem. Meine Freunde wußten nichts davon. Sie hatten mich beobachtet und behandelten mich nun als einen der Ihren. Wenn Erichs Brüder zu uns kamen, kannte unsere begeisterte Neugier keine Grenzen. Wir wurden nicht müde, ihnen Fragen zu stellen. Sie berichteten vom Moskauer Alltag, von ungeheuren Arbeitsleistungen, von Not und Entbehrungen, ohne Furcht, Mängel beim Namen zu nennen. Sie erläuterten Zahlen: ihre Pläne und Gegenpläne, ihre Lebensmittelrationen. Not und Hunger vermochten nicht, die Sowjetunion in unseren Augen herabzusetzen; sie waren das Erbe der Vergangenheit, einer korrupten Gesellschaft, von Krieg und aufgezwungenem Bürgerkrieg. Auch bei uns gab es jetzt Hunger. Er war das Ergebnis der Völlerei der Wenigen. Dort bereitete ein Land, das keine Arbeitslosen kannte, den Überfluß für alle vor. Es gab dort Wohnungsnot, aber schon waren jene Städte im Bau, die ich in meinen Träumen und später in einem Gedicht die weißen Städte nannte, weil ich sie weiß und vollkommen auf den Fotografien in »UdSSR im Bau« und in der »Arbeiter-Illustrierten« sah; bei uns gab es genug Wohnungen, aber täglich wurden Hunderte exmittiert, weil sie die Mieten nicht mehr bezahlen konnten. Wir lachten über die Berichte von der russischen Not in den bürgerlichen Zeitungen; es war ein freies Lachen, denn wir wußten, daß es da drüben schnell aufwärts gehen würde, während bei uns der Kapitalismus am Ende war.

Es war Anfang Februar, nur wenige Tage nach der

Machtergreifung Hitlers, als ich, durch eine Nebenstraße der Kaiserallee gehend, Trommeln und Gesang hörte. Ich blieb stehen und erblickte nach wenigen Sekunden ein Fähnlein Hitlerjugend, das singend in meine Straße einschwenkte. In dem zweifelhaften Deutsch mancher Soldatenlieder hieß es da:

Daß das Vaterland nicht untergeh',
Drum starben stürmend sie bei La Bassée.

Das Lied hatte ich nie zuvor gehört. Melodie und Text blieben mir fest im Gedächtnis, wenn auch Jahr um Jahr verging, und ebenso das rasche Schwenken der linken Flügelmänner um die Ecke, und der Flügelmann in der zweiten Reihe, laut singend, im braunen Hemd und die braune Mütze auf dem Kopf, war mein Freund Erich M. Er sah mich und wurde blutrot, und gleichzeitig fühlte ich, daß ich erblaßte. Er sah gerade vor sich hin. Nur ein paar Stunden oder Tage hatten genügt, ihn so zu verwandeln. Ich war siebzehn Jahre alt und begriff es nicht, aber ich lernte es begreifen, als er schon lange an mir vorbeigezogen war. Er war der erste, zahllose sah ich folgen. Unbezähmbar ist der Drang, bei den Stärkeren zu sein. Auf wie vielen Schlachtfeldern hatten die von der Niederlage Bedrohten die Fahne gewechselt.
Es waren sieben Jahre und einige Monate nach dieser Straßenszene vergangen, als ich plötzlich an Erich M. dachte, der mir, wie ich schon sagte, gänzlich aus dem Sinn gekommen war. Es war Nacht, und wir lagen in einem Hohlweg, nachdem wir die letzten Tage hindurch fast immer und in wechselnden Richtungen marschiert waren. Wir wußten nicht mehr genau, wo wir uns befanden, unserer Einheit hatten sich versprengte Soldaten, auch Zivilisten angeschlossen, die so plötzlich verschwanden, wie sie aufgetaucht waren. Wir lauschten auf Panzergeräusche, die in diesen Tagen unverhofft nicht weit von uns hörbar ge-

worden waren, am Tag war der Himmel voll von ihren Flugzeugen, wir hörten ferne Bombardements, eine Staffel Morane-Maschinen flüchtete vor ein paar Messerschmitts, der Krieg löste uns, er löste sich selber auf, bevor wir ihn wirklich zur Kenntnis genommen hatten. In einem leeren Dorf sah ich mit leerem Blick ein Plakat an einer Mauer: »Nous vaincrons, parce que nous sommes les plus forts.« Deutsche Panzerkolonnen konnten von überallher auftauchen, manche, so hieß es, stießen aus dem tiefen Süden vor. Der Hauptstoß der Deutschen kam nicht mehr aus dem Norden. Sie griffen von Mézières und aus dem Wald von Mormal her an, also aus östlicher Richtung. Sie stießen zur Küste vor, sie trennten die britischen von den französischen Truppen. Ich sah die Sterne am Himmel, das runde Licht einer Taschenlampe auf einer Karte nicht weit von mir. Die Stimmen einiger Offiziere murmelten beharrlich in meiner Nähe, es war wie in der Kindheit, als ich Gespräche von Erwachsenen um mich her liebte, Gespräche, die ich nicht verstand und nicht verstehen wollte, deren Klang ich liebte und deren Sinn mir gleichgültig war. Aus dem unverständlichen Gespräch bahnte sich nur ein Satz den Weg durch meine Erschöpfung. »Sie haben Lens genommen«, sagte jemand, »Béthune und La Bassée.« Eine ungeheure Gleichförmigkeit der Geschichte wurde sichtbar, alle zwanzig Jahre fielen die gleichen, sonst nie genannten Namen, immer wieder zeigten sich die gleichen Verhängnisse wie Schübe von Geröllmassen, Dörfer und kleine Städte schienen nur dazusein, um erobert zu werden, um verlorenzugehen, und leidend lebten die Menschen ihren künftigen Leiden entgegen.

EIN NEBEL, der nicht weichen wollte, machte den dunklen Herbsttag dunkler, der Nebel wurde nachmittags noch dichter, als ich mit der Bahn zum Lustgarten fuhr. Die Bahn kam nicht weiter, die Leute schienen nichts anderes zu erwarten, die meisten stiegen mit mir aus und zogen in die gleiche Richtung dahin, keiner kannte den anderen, aber ich war einer von ihnen und eine unbestimmte Zufriedenheit, ein Wohlbefinden erfüllte mich. Es wogte um mich her von abgetragenen Jacken und Mänteln, seitwärts war die Kette der Schupos erkennbar, die die Bannmeile schützten. In einer Ferne, die unablässig zunahm, lag mein Haus, lebte meine Familie, befand sich der Kreis von Menschen, in dem ich zu leben pflegte.
Zum ersten Mal nahm ich an einer Massenversammlung teil. Einzelne Fackeln brannten vor der Balustrade des Schlosses. Wilhelm Florin sprach. Ich blickte in das eintönige Grau hinter den erstarrten, verzweifelten Gesten des kahlen Gezweigs. In der Nähe des Redners bemerkte ich, welche Mühe er hatte, sich Gehör zu verschaffen, denn kein Verstärker stützte seine Stimme, die, auch wenn sie sich zum Schreien erhob, nur wenige Meter weit reichte. Manche Redner, die die Zeit überlebten, behielten die Gewohnheit des übermäßig lauten Sprechens bei, auch als eine neue Technik den großen Stimmaufwand unnötig machte. Wenn der Redner gelegentlich einen Moment lang schwieg, drang von weiterher das mißtönende Schreien der Schalmeien zu uns hin. Ich hörte sie zum ersten-, nicht zum letztenmal, und wenn ich auch täglich mit großer Musik umging, habe ich das Plärren und Gellen dieses Instruments, das man nicht richtig zu spielen vermochte, weil es über keine Halbtöne verfügte, nie ohne innere Schauer, Furcht und Hoffnung hören können. In seiner unverhüllten Häßlichkeit wurden Qual und Not hörbar und das unartikulierte Drängen nach Würde und Schönheit, die für

alle da sein sollten. Die Schalmeien hatten »Brüder, zur Sonne« angestimmt, für diese in Nebel gehüllten Massen hatten Bach und Mozart, was immer sie auch beabsichtigt haben mochten, ihre Architekturen entworfen, aber die grelle Falschheit des Getöns offenbarte, was die Strophe meinte:

> Seht, wie der Zug der Millionen
> Endlos aus Nächtigem quillt
> Bis eurer Sehnsucht Verlangen
> Himmel und Nacht überschwillt.

Nur wenig mehr als zwei Jahre waren nach dieser Kundgebung vergangen, als ich abends in der Nähe des Brandenburger Tores stand. Gegen Mittag hatte der Reichspräsident Hitler an die Spitze der Regierung berufen. Ein paar Stunden später versuchte ich mit einem Freund vor den Askania-Werken Flugblätter zu verteilen; sie riefen, obwohl die Gewerkschaften sich verweigerten, zum Generalstreik auf. Noch war keine Polizei zu sehen, aber schon wollten viele der vorbeigehenden Arbeiter kein Flugblatt mehr annehmen. Manche nahmen es, lasen die Überschrift und warfen es weg. »Zu spät, mein Junge«, sagte einer. Gerüchte rasten durch die Stadt. Die Nacht, die hereinbrach, würde die seit langem angekündigte Nacht der langen Messer sein. Noch wußten wir nicht, daß viele solcher Nächte folgen würden. Am späten Nachmittag wechselte ich das Quartier. Eine Freundin, die eine Mansarde bewohnte, gewährte mir Unterschlupf. Durch die geöffnete Luke betrachtete ich die Dächer, die mir im Notfall die Flucht möglich machen sollten. Jetzt aber sah ich die Fackelträger vorüberziehen. Von pathetischen Scheinwerfern für Sekunden aus dem frostigen Dunkel gerissen, SA, SS, Stahlhelm und wieder SA, SS, Stahlhelm, unaufhörlich singend, Deutschland- und Horst-Wessel-Lied lösten einander ab, auch anderes, ein gewalttätiger, besinnungslos-rachsüchtiger Wind erhob sich aus dem Unsichtbaren, er drehte sich wie ein funkensprühender Rauch über den halbwahnsinnigen Massen in der Finsternis, diese Lieder hatten wir in den Schulen der Republik gelehrt bekommen.

> ... daß sich unsre alte Kraft erprobt
> wenn der Schlachtruf uns entgegen tobt –
> Haltet aus
> im Sturmgebraus...

Die Kolonnen marschierten durch die Wilhelmstraße, wo hinter den erleuchteten Fenstern ein verblödeter Greis täppisch den Takt schlug, während neben ihm der Erretter im korrekten Gehrock den Arm zum Gruß hob. Um mich her war Atmen, Keuchen, Röhren. Was da wogte, schrie und sang, war nicht von jenem Alkohol berauscht, den man in den Kneipen ausschenkt. Zwei gutgekleidete Männer in meiner Nähe, die einander offensichtlich nicht kannten, sanken sich in die Arme. Im Schein der Fackeln sah ich ihre großen, tränenüberströmten Gesichter. »Deutschland ist frei!« lallte der eine, und der andere wiederholte: »Deutschland ist frei!« Eine Stimme in mir sagte eintönig und hartnäckig: Ich gehöre nicht zu euch, ich will nicht zu euch gehören. Hinter der dröhnenden Dunkelheit spürte ich die stille Duldsamkeit des Landes, lautlos die unüberwindliche Melancholie seiner Musik, die unhörbaren Verse seiner Dichter, seine Orakel und Prophetien, seine lange verworrene Geschichte, das rätselhafte Aufsichselberweisen seiner Landschaften, die einfache Tapferkeit meiner Freunde. Ich war allein, und die Engel des Vaterlands standen um mich her.

DAMALS ALS EIN SCHRÄGES LICHT auf El Gesira ruhte und ich Tauben essend die rubinbesetzten Dolche in den Gürteln feiernder Scheichs betrachtete als der feine unendliche Regen auf die Hecken in Marienbad und auf meinen Bruder und mich fiel als ich im toten Winkel fuhr und die Einschläge der MG-Geschosse vor dem rechten Vorderrad die Straße entlanglaufen sah als ich in Decken gehüllt neben den Hünengräbern lag und draußen vor der Küste die Robbenfänger schossen als Casals das Schumannkonzert in einem Saal voller Verwundeter spielte als ich den Schwergewichtsmeister Giuseppe Spalla im Nachtzug nach Zürich anstarrte und er mir über den Kopf strich als ich an der Straße nach Corbera den Verwundeten traf dem der Unterkiefer fehlte als wir vor dem kleinen Palais neben der französischen Botschaft hielten und Max Liebermann uns hinaufführte und auf die Zeichnungen von Menzel und Degas deutete als ich *Guten Morgen* sagte und der Beamte mit dem Bleistift stumm auf das Schild wies *Hier wird mit dem Deutschen Gruß gegrüßt* als ich in den Hafen von Larnaka einfuhr als Strawinsky den Feuervogel dirigierte und ich laut fragte warum die Philharmoniker falsch spielten als ich auf dem Wagen der Garde mobile die schöne rotblonde H. aus Nürnberg kennenlernte und ich nachts neben ihrer Bahre stand die man in den Zug nach Drancy schob denn sie war noch nicht tot als man mir sagte meine Geige habe eine Seele und ich nicht wußte daß darunter ein Holzpflock zu verstehen war als S. mit mir über den Kremlhof ging und das Gesicht schräg nach unten ohne die Haltung des Kopfes zu ändern mit dem verdrehten Auge nach oben deutete und sagte Da oben wohnt *er* als ich spätnachmittags von Limoges mit der Straßenbahn durch die Felder nach Oradour-sur-Glane fuhr und die Sonne auf den Scheiben der Bäckerei mich blendete und alle Leute gingen noch umher wie gewöhnlich als ich immer den gleichen Traum träumte in dem die gläsernen Türen zwischen den Zimmern mit leisem fernen Donnern auseinanderglitten und mir eine weiße gesichtslose Gestalt zeigten vor der ich wort- und atemlos auf die Knie fiel als ich Neubert hieß als

EIN NEUER OBSKURANTISMUS erwachte inmitten von Schreckensnachrichten, ungewissen Ängsten, beschwichtigenden Reden. Sekten entstanden über Nacht, breiteten sich aus, stellten an den Wänden der Kioske ihre bunten Wochenblätter aus. Das Horoskop begann das Leben von Millionen zu lenken. Der Führer der einflußreichsten dieser Sekten vermochte den Berliner Sportpalast zu füllen, wann immer er zu Versammlungen rief. Er korrespondierte mit den Geistern Friedrichs des Großen und Bismarcks; diese meldeten durch ihr irdisches Sprachrohr, die Zukunft gehöre den nationalen Kräften. Das Blatt dieser Sekte zeichnete sich durch besonders phantastische, die Blicke auf sich ziehende Schlagzeilen aus. Im letzten oder vorletzten Sommer vor der Katastrophe las ich eines Morgens eine solche Überschrift: Am 19. August wird England ins Meer versinken. Der dazugehörige Artikel führte aus, Gott der Herr werde nun nicht länger die angehäuften, vor allem an Deutschland begangenen Sünden der britischen Plutokraten dulden; er habe beschlossen, die Insel in den Fluten untergehen zu lassen. Der grimmige Ernst der Voraussage stimmte heiter, aber mein Lächeln sollte mir bald vergehen.

Ich wartete mit einer gewissen Ungeduld auf den bezeichneten Tag und die ihm folgende Ausgabe der Zeitung. Während in mir das Gefühl einer unabwendbaren Niederlage sich ausbreitete, las ich die dürren Worte der Mitteilung, England sei an dem angegebenen Tage im Meer versunken. Ich begriff, daß es vergeblich sein würde, jene, die daran glaubten, eines Besseren belehren zu wollen. Der Hinweis darauf, daß alle anderen Zeitungen, unberührt von der Nachricht, fortfahren würden, die neuesten Meldungen aus England zu bringen, ja selbst das Vorzeigen englischer Blätter mit ihren Hofnachrichten und den letzten Ergebnissen des Turniers in Wimbledon ebenso gut wie eine Einladung zu einer gemeinsamen Reise nach England, um sich durch Augenschein vom Weiterbestehen der Insel zu überzeugen – all das würde mit dem wortlosen Lächeln der Überlegenheit abgetan werden. Denn für jene, die beschlossen hatten, von nun an dem Meister zu folgen und auf diese Weise in der Wahrheit zu sein, würde jeder Gegenbeweis Teufelswerk und Täuschung bedeuten, eine anderslautende Zeitungsmeldung so gut wie das Anlegen der Fähre in Folkestone oder Dover. Gerade der Widerspruch anderer, ihre weit überlegene Zahl und die Macht ihrer Gegenbeweise würde die Verblendeten in ihrer Meinung befestigen – denn es gibt einen blinden Stolz der Wenigen, denen gerade in der eigenen Geringfügigkeit und in ihrem Mangel an Überzeugungskraft die Gewähr dafür zu liegen scheint, allein im Besitze des Heils zu sein. Unerreichbar für jede andere würden sie von nun an in einer selbstgewählten Wirklichkeit leben, und entsetzt ahnte ich das Auseinanderbrechen der bisher vertrauten Welt in eine Vielzahl wahnhafter Realitäten, von denen jede ihren Anspruch aus sich selbst herleiten und unter welchen keine Gemeinsamkeit, kein Gespräch mehr herzustellen sein würde.

DIE ENTDECKUNG EINER ZEIT war das Greuelmärchen; den Terminus verwendete als erster der Propagandaminister; er war einprägsamer als die blassen, verbrauchten Begriffe Lüge und Verleumdung. Das neue Wort bezeichnete die unzulässige Verbreitung eines öffentlichen Geheimnisses. Unzulässig war die Bekanntgabe von Tatsachen außerhalb eines beschränkten Kreises, dem diese allein vorbehalten war. So sah man denn bald Leute unter der Folter, die die Lüge verbreitet hatten, in Deutschland würde gefoltert.

Ich gewöhnte mich daran, unter Wahnsinnigen zu leben. Mein Leben hindurch habe ich beobachten können, wie der Wahnsinn sich verbreitete, wie er auf andere Länder übergriff. Nur so war zu erklären, warum noch Jahrzehnte nach dem Kriege Tausende behaupten konnten, sie hätten von den faschistischen Untaten nichts gewußt. Wem nachdrücklich eingeredet wird, daß das, was er sieht, gar nicht existiere, weil, hielte er es für die Wahrheit, er an Leib und Leben Schaden nehmen müsse, der hat die Wahl zwischen Tod und Wahnsinn.

Nach dem Krieg traf ich eine Jugendfreundin wieder; wir hatten uns fünfzehn Jahre nicht gesehen. Wir verbrachten einen Nachmittag und einen Abend im Gespräch. Man habe nichts gewußt, nichts geahnt, sagte sie mir, wenn ihr doch nur ein Weniges von den Verbrechen bekannt geworden wäre, von denen sie nach dem Krieg erfahren hatte... Ich erinnerte sie an meinen Freund H., der zwei Wochen in einem SA-Keller festgehalten wurde und dann zu mir geflüchtet war. Sie war dabeigewesen, als H. in meinem Zimmer das Hemd auszog, um uns seinen von Schlägen geschwärzten Rücken zu zeigen. Ich weiß noch, wie sich ihr Gesicht, nachdem ich ihr die Szene ins Gedächtnis zurückgerufen hatte, veränderte. Ihr schöner Blick, der mich einmal bezaubert hatte, glich dem einer Schlaftrunkenen, nur allmählich Erwachenden. Ich hörte ihre wie von weither kommende stockende Stimme: »Aber natürlich... Du hast recht... ich erinnere mich...« In mir kämpften Mitleid und Grauen; ich verabschiedete mich.

Im Sommer oder im Herbst 1933 saß ich in einem Berliner Café und betrachtete eine Gruppe junger eleganter Leute am Nebentisch, die abwechselnd in eine illustrierte Zeitung blickten und sie lachend und gehässig kommentierten. Ich hatte gleichfalls die »Berliner Illustrierte« vor mir; die neueste Nummer des Millionenblattes brachte auf mehreren Seiten eine Reportage über das Konzentrationslager Oranienburg. Ich sah ein Foto von Häftlingen, die eine Straßenwalze zogen, ich sah die brennenden oder erloschenen Augen unbekannter Genossen und Freunde, die, wie der beigegebene Text verkündete, durch harte Arbeit und Disziplin für die Volksgemeinschaft gewonnen werden sollten. »Wir gehen mit dem Gesindel ja viel zu anständig um«, sagte jemand am Nebentisch. Viele Jahre später fragte ich mich, wieviele Millionen diese Reportage gelesen, an wieviele sie dann das Gelesene weitervermittelt hatten. Nebenan tauschte man Meinungen aus über das jüdisch-bolschewistische Pack, über die geschorenen Köpfe, die gleichsam ausgeglühten Gesichter. Jemand machte eine witzige Bemerkung; ein Höllengelächter antwortete. »Di rider finirai pria dell' aurora« sang die Statue des Komturs.

WENN MAN SICH zu ihm hinabbeugte und ihn fragte, was er einmal werden wolle, antwortete er mit unerschütterlichem Ernst, er würde ein Flieger werden. Die Erwachsenen brachen in ungläubige und warnende Rufe aus, ein Flieger war in jenen Zeiten etwas ganz und gar Ausgefallenes, mein Vater lachte befriedigt, bei ihm galt die Fliegerei etwas, er war noch vor dem ersten Weltkrieg geflogen. »Wenn du es wirklich willst, Fredy, wirst du ein Flieger«, sagte er. Manche Freunde tadelten ihn dafür, daß er die gefährlichen Wünsche eines kleinen Jungen unterstütze statt sie ihm auszureden. In den langen Wochen, die mein Bruder und ich mit der Erzieherin an der Ostsee verbrachten, raste manchmal ein Wasserflugzeug, das vom Land her kam, dicht über uns hinweg, die Badegäste hoben die Köpfe, die Maschine setzte kurz vor der Küste auf, wendete dem Strand zu und hielt in unserer Nähe an. Mein Vater sprang heraus, er trug hohe Stiefel, wir begrüßten ihn stürmisch, er spielte mit uns eine oder zwei Stunden am Strand und flog dann zu einem der Berliner Seen zurück. Fredy wollte nicht lange spielen. Er setzte sich in den nassen Sand, ganz vorn, wo die letzten schwachen Wellen erstarben, und blickte ernsthaft und angestrengt auf die schaukelnde Maschine. So blickte er auf alles, was ihm begegnete, auf ein Blatt, einen Käfer, eine Schnecke in seiner Hand. Nie war dieser Blick flüchtig oder zerstreut.

Er war zwei Jahre jünger und viel kleiner als ich, von größtem Liebreiz, mir unendlich zugetan. Er hatte einen Namen für mich erdacht in einer Diminutivform und behandelte mich, als sei ich der Jüngere, Verletzlichere. Er ging auf alles ein, was ich wollte: er spielte die Spiele, die mich gerade interessierten, er verließ das Zimmer, wenn er mich störte und ich ihn nicht sehen wollte. Er fragte oft nach einem Buch, einem Musikstück, um an meinen Interessen teilzu-

haben; ich wies ihn verächtlich ab. Ich war in dem Alter, in dem Kinder die erste Grausamkeit zeigen. Ein paarmal schlug ich ihn, einmal sogar bis aufs Blut, als niemand zugegen war – er wehrte mich zögernd, vorsichtig ab, als wolle er mir nicht wehtun. Ein einziges Mal widersprach er mir. Wir besaßen gemeinsam einige Goldfische, und ich schlug vor, sie zu zerschneiden, um zu sehen, wie ihr Inneres beschaffen sei. »Das darfst du nicht«, sagte er und sah mich ernsthaft an, »sie sind lebendig.« Er wuchs schneller als ich, er wurde kräftig und geschickt, wir trieben beide Sport. Als ich auf der Geige schon gute Fortschritte gemacht hatte, ließ mein Vater ihm Cellostunden geben, aber es wurde nichts Rechtes damit, obwohl er ein gutes Gehör hatte und der Lehrer ihm Talent zusprach, er ließ es einfach allmählich sein und als er eines Tages damit ganz aufhörte, schien es niemand zu bemerken.
Die Schule, die er besuchte, war offenbar auch nicht das Richtige für ihn, er verließ sie und besuchte Technika in Deutschland und England. Unser Verhältnis verbesserte sich, er las eifrig die Bücher, auf die ich ihn hinwies, er ging in Konzerte, er erfuhr als erster das Geheimnis, ich sei Kommunist geworden, und lobte mich nachdrücklich dafür. »Es sind die einzigen Leute, denen man wirklich trauen kann«, sagte er und gab mir »Staat und Revolution« zurück, das ich ihm geliehen hatte. Technische Dinge schlugen ihn ganz in ihren Bann, aber er war der erste, dem ich die Gedichte zeigte, die ich zu schreiben begonnen hatte. Er war immer ein mutiger Junge gewesen, allmählich zeigte sich etwas Verwegenes in seinem Wesen, das mir eine vage Furcht einflößte. Er begann Motorrad zu fahren, kaufte sich eine schwere Norton und jagte mit achtzig Meilen über englische Landstraßen. »Es ist nicht das, was ich eigentlich will«, sagte er, »ich werde doch noch fliegen.«

Er hatte inzwischen begonnen, Flugstunden zu nehmen. Wir waren jetzt junge Männer, er war einen halben Kopf größer als ich, ich war für ihn immer noch der Bruder, um den er sich sorgen mußte, der mit dem Leben nicht so leicht zurechtkommen würde. Er war stattlich, von ernster Freundlichkeit, beliebt bei jedermann, die Frauen sahen ihm nach, ein Bekannter nannte ihn, aus welchem Grunde auch immer, »hochgemut«. Einmal trafen wir uns mit Freunden, wir lagen am Strand und begannen scherzhaft miteinander zu ringen, er war jetzt viel stärker als ich und hatte mich nach wenigen Minuten besiegt. Als wir aufstanden, lachte er zärtlich und vergnügt. In diesem Lachen war keine Eitelkeit. Er dachte nicht an unsere Kinderstunden zurück, die ich ihm manchmal schwergemacht hatte, er war glücklich, weil er einen Grund mehr hatte, mich zu verteidigen und zu beschützen.

Als der Krieg ausbrach, gelang es ihm, in die RAF einzutreten. Es war schwierig, er war in Deutschland geboren, aber zwei Unterhausabgeordnete setzten sich für ihn ein, und er flog Bomber, die in Kanada montiert wurden, hinüber nach England. Aber auch das gefiel ihm nicht, er wollte Jagdflieger werden und er wurde einer. Ich war bald gefangen in einem gefangenen Land und hörte nichts von ihm, bis mich nach einem halben Jahr auf geheimem Wege eine Nachricht von ihm erreichte. Er forderte mich auf, ihm genau meinen Tagesablauf und alle Einzelheiten der Gegend, in der ich damals lebte, zu beschreiben. Ich ahnte, was er vorhatte, ich mußte lächeln, wenn ich an seine Illusionen dachte. Gelegentlich holte man aus dem besetzten Land Personen von politischer oder militärischer Bedeutung, Personen, die dem General nahestanden, und entführte sie durch die Luft. Ich besaß keinerlei Bedeutung, ich war ein deutscher Emigrant, einer von vielen.

Dennoch tat ich, was er von mir verlangte, es war ein Spiel, ich zeichnete eine kleine Karte, ich schrieb einen Stundenplan auf, in dem jene Tageszeiten vermerkt waren, von denen ich genau sagen konnte, wo ich mich jeweils befinden würde. Er antwortete, er sei schon dabei, die Sache zu betreiben. Nach einigen Wochen teilte er mir mit, das Kommando habe sein Gesuch abgewiesen, er werde es nach einer Weile wiederholen, und er schloß mit der üblichen Formel der Ermutigung: »Keep your chin up!« Seine offenkundige Enttäuschung erheiterte mich – was hatte er sich nur gedacht... Dann hörte ich nichts mehr von ihm, nie mehr. Erst nach dem Kriege erfuhr ich, daß er schon zu Anfang des Jahres 1943 gefallen war.

Ich erhielt einige Auskünfte über ihn, ein paar Aufzeichnungen, auch einen letzten Brief an mich, den er nicht abgesandt hatte, vielleicht, weil die Verbindung, über die unsere Nachrichten hin und her gingen, nicht mehr bestand. Seine Staffel hatte ihn geliebt, er flog gut und ging ungestüm auf den Feind los, man hatte ihn »Starlet« geheißen. Die knappen Tagebuchaufzeichnungen, die ich zu lesen bekam, verrieten kaum etwas anderes als eine verzweifelte Sehnsucht nach Deutschland, von der man den Deutschen, wie man sie normalerweise trifft, nicht reden sollte, weil sie ihnen unverständlich ist. Es ist das Gefühl der Ausgestoßenen, der Abgedrängten, der Exilierten, der, wie man sie auch gelegentlich nennt, Kosmopoliten. Der erwähnte Brief schildert den Traum eines jungen Menschen, der in den Krieg gegangen war in der Hoffnung, es würde der letzte sein; der Brief beschreibt, wie der Träumende sich mit den Toten aller Nationalitäten in einem unendlichen Raum befindet, sie werden mehr und mehr und raunen in einer rätselhaften Sprache, »and«, so schloß der Brief, »I realized that I had died in vain.«

Es geschieht, daß ich lange nicht an ihn denke. Wenn

ich nachts erwache, nicht wieder einschlafen kann, und in der lautlosen Finsternis von irgendwoher das Geräusch eines einsamen Flugzeugs hörbar wird, spüre ich, wie er sich nähert. Wieder blicke ich über die leichtgewellten Äcker und Wiesen, während hinter den Wäldern von St. Pierre-de-Fursac der Donner einer tieffliegenden Spitfire erdröhnt. Gleich wird es soweit sein, er wird mich bei dem Namen rufen, den er als kleiner Junge für mich erdacht hatte, er wird mich in ein anderes Land holen ohne Haß und Furcht, in ein Land, das es nicht gibt, ein Land in der Nähe der Sonne, mein hochgemuter, mein einziger Freund.

ICH BETRAT den Saal hinter dem Palais Bourbon. Die Erde hörte nicht auf zu beben, die Schüsse von Spanien waren verhallt, nach den Sudeten war Prag an die Reihe gekommen, das Memelgebiet und Albanien waren besetzt, schon hatte ich gesehen, wie Bomben fallen, Schwüre in Rauch aufgehen, Bündnisse zerbrechen, ich hielt meine Blicke auf meine Freunde geheftet, wir standen im schwersten aller Kämpfe, es hieß dem Krieg den Weg verlegen, Staatsmänner hielten Reden, in denen man einen Satz finden mußte, einen Nebensatz, der die dunkle, leicht hingesprochene Drohung enthielt. Es war leicht zu verzagen, schon sah ich um mich viele Entmutigte oder Zyniker oder Verzweifelte. Ich war nicht verzweifelt, konnte es nicht sein, immer vernahm ich in mir das Luthersche »Es soll uns doch gelingen«. Das blieb so. Ich lebte in dem Gefühl, einer Vorhut anzugehören, die der Menschheit den einzig möglichen Weg wies, und wenn ich auch oft Rosa Luxemburgs »Sozialismus oder Barbarei« zitierte, blieb diese Alternative für mich doch unglaubhaft, unbegriffen, ich schob das drohende »oder« beiseite, das Benennen des großen Ziels schien das Furchtbare ins Wesenlose verweisen zu wollen.

Ich betrat den Saal in dem schönen Fieber der Zuversicht, wir hielten einen Kongreß ab gegen Krieg und Faschismus, den letzten, wir hatten noch drei oder vier Monate Zeit, alle Sprachen Europas schwirrten um mich, mir war, als wende sich jedes Lächeln an mich, mit Güte, Mitgefühl, Vertrauen, vielleicht weil ich so jung war, ich war einer der jüngsten Delegierten. Ich sah Paul Nizan mit umwölkter Stirn am Vorstandstisch lehnen, ich sah Andersen-Nexö, ich sah Aragon, dem ich alle paar Tage Informationen über die spanischen Flüchtlinge in die Rue 4 Septembre brachte. Wolken schwammen durch den Saal, eine stürmische Freude zog in mich ein, füllte mich aus, ich suchte den Tisch meiner Freunde, ein Schild mit der Aufschrift »Allemagne« stand in der Mitte des runden Tisches, ich erblickte Gesichter von Menschen, die ich kannte, Rudolf Leonhard, Franz Dahlem, Siegfried Rädel winkten mich heran, Heinrich Mann wies auf den leeren Stuhl neben dem seinen, er nannte mich »junger Mann«, ich verstummte vor Freude und Verlegenheit, wie viele Tote waren um mich versammelt, und warum trägt der Reichstagsabgeordnete Rädel den Kopf unter dem Arm...

DIE STADT lag damals in einer Aura unaufhörlichen Feierns und einer angespannten, nie nachlassenden Erwartung großer Veränderungen. Stets klang von irgendwoher der alte preußische Klang von Querpfeifen und Trommeln, kleine und große Formationen Uniformierter durchquerten, Fahnenträger voran, unermüdlich die Straßen, die Passanten sammelten sich, um den Fahnen den römischen Gruß zu entbieten, die meisten taten es freudig, wehe dem, der es unterließ. Aus Lautsprechern drangen bellende oder sorgfältig artikulierte Reden. Jeden dritten Tag gab es einen Anlaß zum Beflaggen der Häuser, viele ließen die Fahnen ständig an den Fenstern, es wurden mehr und mehr. Niemals zuvor waren so viele Grundsteine gelegt, so viele neue Brücken und Straßen eröffnet worden.
Denn es wurde nicht nur gefeiert, es wurde zäh und wild gearbeitet in einer Stadt der Arbeit, in der ein Drittel der Bevölkerung jahrelang nicht hatte arbeiten dürfen. Man könne sagen, was man wolle, so hörte man allenthalben, aber die Anderen hätten eben nur geschwätzt und versprochen, der da würde handeln. Handeln ja, wandten manche ein, aber zu welchem Zweck? Über die Straßen spannten sich Transparente, auf denen in gotischen Buchstaben die Versicherung zu lesen stand, einer, der den Krieg am eigenen Leibe verspürt hatte, wolle nichts als den Frieden. Schon reisten die ersten Vertreter von Veteranenverbänden aus Paris und London an, um die Friedensliebe des neuen Deutschland bestätigt zu finden. Jene, die in allem, was geschah, die Wurzeln eines neuen Krieges wahrnehmen zu können glaubten, waren in der Minderheit; sie wurden weniger, als die ersten Herausforderungen des neuen Regimes an die anderen Mächte nicht mehr nach sich zogen als einen schwachen Protest. Gedeckt wurden diese Herausforderungen durch Demonstrationen wachsender

militärischer Stärke. Wäre denn nicht zu sehen, hieß es triumphierend an die Adresse der Zweifler und Warner, daß das neue Heer nicht als Instrument des Krieges, sondern lediglich als Mittel des politischen Drucks gedacht sei, daß es also beim Herstellen neuer europäischer Verhältnisse, die ohne eine deutsche Hegemonie nicht denkbar wären, kraft seiner drohenden Unüberwindlichkeit jeden Gedanken an Gegengewalt entmutigen und damit in der Tat den Frieden garantieren würde. Niemals zuvor hatten Studienräte so häufig ihr »Si vis pacem« zitiert. Lenins Mahnung, nach dem Geheimnis des Krieges zu forschen, erhielt auf diesem Hintergrund einen eigentümlichen, bedeutungsschweren Klang. Sie begann, weit in die Zukunft zu reichen. Der Krieg würde nicht müde werden, sich als Friede zu verkleiden.
In diesem Frühjahr ergoß sich ein Strom von Fremden in das verwandelte Land, von dessen dramatischen Veränderungen man so viel gehört, dessen gewalttätige Energie man von jeher gefürchtet, aber auch bewundert hatte. Mein Vetter Geoffrey, Korrespondent einer Londoner Zeitung, kam nach Berlin. Er war vier, fünf Jahre älter als ich, ich war ihm als Kind einmal in England begegnet, er hatte mich damals kaum angesehen. Ich wohnte am Steinplatz, und ich ging mit ihm einen Nachmittag lang zwischen Tiergarten und Tauentzienstraße spazieren. Manchmal setzten wir uns für eine Weile in ein Café, genossen träge die Frühjahrswärme, betrachteten die gutgelaunten, gutgekleideten Menschen um uns. Niemand in dieser Gegend achtete weiter auf Leute, die nicht deutsch sprachen. Ich ließ Geoffrey reden; er mußte den Eindruck haben, ich sei ein aufmerksamer Zuhörer, aber es gelang mir nur von Zeit zu Zeit, seinen Sätzen genau zu folgen; einmal mehr empfand ich ein Gefühl der Verlorenheit, ich war allein, wenn nicht meine Freunde, meine Mitkämpfer bei mir wa-

ren, niemand außer uns wußte, was wirklich geschah, niemand sonst kannte die Wahrheit. Irgendwo ganz in der Nähe zerfetzten Stahlruten einen Rücken, erstickten Kellerwände das Gebrüll der Gefolterten. Es lief das Gerücht um, der Prinz August Wilhelm, ein Sohn des Kaisers, hoher SA-Führer, treibe nicht weit von hier sein Unwesen. Draußen vor der Stadt, vor anderen Städten, von Heide und Wäldern umgeben, standen die ersten Lager. Schon waren Tausende in den Kellern und Lagern umgekommen, aber man bemerkte weder die Toten noch die Gefangenen. Millionen anderer waren am Leben und würden nie in ein Lager kommen; sie arbeiteten, gingen ins Kino, sonnten sich im Strandbad Wannsee, sahen den Frauen nach, besuchten Theater und Konzerte, lasen die Ergebnisse der letzten Rennen in Mariendorf und Hoppegarten.

Der Tag war so schön wie alle schönen Tage, die es je zuvor gegeben hatte. Irgendwo spielten kleine Mädchen das alte Spiel von Himmel und Hölle. Das Furchtbarste war, daß sich nichts geändert hatte, daß das Leben heiter und gleichförmig dahinfloß, während eigentlich alles, bis in die Spiele der Kinder hinein, hätte anders sein müssen. Ich wußte genau, was mir bevorstand, wenn ich jetzt aufstehen und in den Grunewald fahren würde – schon glaubte ich den lauen Wind, den Harzgeruch der Kiefern zu spüren; ich war von der unveränderlichen Gleichgültigkeit der Natur umgeben. Sie würde dauern, stets sich selber gleich, nur wir würden anders werden, nicht mehr leben können, nicht mehr leben dürfen. Schon jetzt war ich nicht der, den ich vorstellte. Ich war scheinbar ein Passant, ein Caféhausgast, einer von vielen, ich plauderte, ich schien den Tag zu genießen, während ich doch ein Ausgestoßener war, ein Feind dieser Ordnung, einer, der sich unkenntlich machte, und unbekannt diesem Verwandten, der mir gegenüber saß.

Man müsse zugeben, sagte Geoffrey, daß, wenn schon von unerfreulichen Zuständen geredet werden könne, England nicht unschuldig an ihnen sei: schließlich habe die Entente sich Deutschland gegenüber borniert und rachsüchtig gezeigt. Man dürfte sich nicht wundern, wenn ein großes Volk am Ende die Geduld verliere. – Deutschland habe, entgegnete ich, die Geduld gerade in dem Augenblick verloren, da eine zaghafte Republik oder was von ihr noch übrig war nach großen Anstrengungen die schlimmsten Folgen von Versailles überwunden hätte. Jetzt seien wir dabei, den anderen ein Über-Versailles zu bereiten. – So weit sei es noch nicht, sagte Geoffrey, alles komme gerade jetzt auf das Verständnis an, das die ehemalige Entente dem neuen Deutschland entgegenbringe. Aus einem solchen Verständnis würde eine wirkliche Verständigung erwachsen. »Auf unsere Kosten«, sagte ich, »und auf Kosten Osteuropas.« Polen und die Tschechoslowakei stünden unter Frankreichs Schutz, erwiderte mein Vetter, übrigens könne man es einem alten, mit Fleiß, Ordnungsliebe und Erfindergeist begabten Kulturvolk nicht verargen, lange vernachlässigte, fast menschenleere Gebiete in seine Obhut zu nehmen: das könne sogar allen nur zum Vorteil gereichen. Im übrigen räume er ein, daß entschlossene Anstrengungen eines Staates, auf neue, kühne Weise materielles Elend und Arbeitslosigkeit zu bannen und gleichzeitig eine bestimmte Diskriminierung zu überwinden, in mancher Hinsicht auch unerfreuliche Folgen haben müßten. Dies seien nun freilich innere Angelegenheiten, in die sich andere Staaten nicht einzumischen hätten. Eines jedenfalls sei festzuhalten: ein Kanon der Gesittung, so wichtig er für menschliches Zusammenleben sein möge, könne nicht immer und überall gelten. Revolutionen hätten ihre eigenen Gesetze; man müsse ihnen ein gewisses Recht auf Exzesse zugestehen und

Zeit lassen, Kinderkrankheiten zu überwinden. »Gewiß haben manche der hiesigen Führer schlechte Manieren«, sagte Geoffrey, »wenn wir uns verständnisvoll zeigen, werden sie sie mit der Zeit ablegen.« Ich sagte nichts. Ich sah, wie er die Umsitzenden und Passanten mit einem Blick musterte, in dem Aufmerksamkeit, Respekt und auch etwas wie Widerwillen lag. Diesen Ausdruck nehmen die Blicke mancher Besucher von zoologischen Gärten vor den Raubtierkäfigen an.

Übrigens, fügte Geoffrey hinzu, sei man im Ausland durchaus unangenehm berührt von der Art, wie der neue Staat die Juden behandle. Dies sei wirklich beklagenswert. »Wärest du Deutscher«, sagte ich, »würdest du für jüdisch versippt gelten. Du solltest in deiner Kritik nicht zu weit gehen, eher begreifen, daß Objektivität am Platze ist.« Er schwieg einen Augenblick lang. Sein Blick drückte Irritation und Kränkung aus. Nun, erwiderte er, wenn ich schon von ihm ironisch Objektivität fordere – ich könne doch wohl nicht leugnen, daß die Juden mitunter es an Takt und Zurückhaltung hätten fehlen lassen, daß sie – gewiß nicht alle, aber doch auch nicht wenige – sich gelegentlich vorgedrängt und so manchen Mißmut erzeugt hätten. Wenn man, sagte ich, jeweils zwischen dem letzten und dem nächsten Pogrom, und zwar eine endlose Epoche hindurch, gezwungenermaßen Zurückhaltung geübt hätte, so läge in späteren emanzipierten Zeiten die Versuchung natürlich nahe, diese seltsame Selbstdisziplin zu lockern. Man erfährt, man sei gleichberechtigt, und glaubt es schließlich. Es habe sich jedoch bald gezeigt, daß man, um überhaupt ernst genommen zu werden, Außerordentliches hatte leisten müssen. Man könne das »Kapital« oder die Psychoanalyse oder die »Suche nach der verlorenen Zeit« natürlich als eine Art des Vordrängens definieren, vom Musikalischen und den naturwissenschaftlichen Disziplinen ganz zu schweigen, doch ließe diese famose Definition allenfalls Rückschlüsse auf den Definierenden zu und auf seine Vorstellung von Gleichberechtigung. Leider, sagte Geoffrey, spiele die Barbarei nun einmal ihre Rolle in der Geschichte, wenn es darum gehe, das stockende Blut alter Zivilisationen wieder rascher fließen zu lassen. Ich dachte an den berühmten Dichter, der vor ein paar Jahren meine poetischen Versuche ermutigt hatte und nun meinen emigrierten Freunden nachrief, sie sollten nur gehen, die Geschichte mutiere und ein Volk wolle sich züchten. »Das rascher fließende Blut alter Zivilisationen«, sagte ich, »ist etwas ganz Wirkliches: es fließt aus jungen Arbeitern, die sie aufs Schafott schleppten.« Geoffrey und ich standen gleichzeitig auf. Man sah ihm an, daß er endgültig genug von mir hatte.

MAN HATTE DEN 1. MAI zum Staatsfeiertag erklärt, er hieß jetzt »Tag der Arbeit«. Ich sah die Berliner Arbeiter zum Tempelhofer Feld ziehen, hunderttausende. Ihre Parteien waren aufgelöst, ihre gewählten Führer eingekerkert oder tot oder auf der Flucht, ihre Gewerkschaftshäuser geplündert und besetzt, am Straßenrand stehend sah ich sie vorbeiziehen, sie waren jetzt Gefolgschaft, die Unternehmer, die an ihrer Spitze gingen, hießen Betriebsführer, die neuen Namen entsprachen, sagte man, alten germanischen Ordnungen, und sie alle, die vorüberzogen, wurden Volksgemeinschaft genannt, denn die neue Regierung hatte erklärt, es gebe keine Klassen mehr. Sie war gegen jüdischen Marxismus und raffendes Kapital, jedoch für die schaffenden deutschen Unternehmer Krupp und Röchling.
Die Arbeiter marschierten unter einer hellen, kaum wärmenden Maisonne, um sie her erhob sich ein unsichtbares Rom, ich glaubte, die Feldherren zu erblicken, von denen wir in der Schule lasen, wie sie besiegte Völker durch ihre Hauptstadt geführt hatten. Die Arbeiter sahen aus wie immer, nur ein wissendes Auge gewahrte kaum bemerkbare Veränderungen an ihnen, ihrer Kleidung, ihren Gesten, ihrer Haltung. Immer noch waren sie schlecht genährt, trugen sie verbrauchte, saubere Anzüge, und jene Schiffermützen, die damals ein allgemeines äußeres Kennzeichen ihrer Klasse waren. Diese Mützen waren mit einem unauffälligen Riemen, meist aus schwarzem Lack, verziert, der von vielen durch einen Lederriemen mit Schnallen ersetzt worden war. Sozialdemokraten und Kommunisten trugen diese Art von Riemen an ihren Mützen, die Nationalsozialisten einen anderen, in der Mitte geteilten.
Es war dieser winzige Unterschied, der einem plötzlich ins Auge sprang, und der banale Umstand, daß mehr als je zuvor den geteilten Riemen an der Mütze

trugen, enthielt die verhängnisvolle Botschaft von einer verlorenen Schlacht und dem, was ihr zu folgen pflegt: Scham, Lethargie, erzwungene oder gesuchte Anpassung. In den Taschen der Geschlagenen steckten die Zeitungen des Regimes: sie konnten darin nicht nur die Beschimpfungen und den triumphierenden Hohn der Sieger finden, sondern auch die unter geheuchelter Anteilnahme verborgene Aufforderung zum Verrat: »So weit haben eure Führer euch gebracht. Sie selber sitzen sicher in Paris und Moskau.« Der Gedanke, geschmäht und belogen zu werden, mischte sich in das Bewußtsein der Ohnmacht und Sprachlosigkeit; ein Hauch von Fäulnis wehte über die mit Lautsprechern und Blaskapellen brüllende Stadt. Furchtbar spürte ich einen Augenblick lang diese Fäulnis in mir selbst: wie ein Nordlicht der Zersetzung wogte in mir der Wunsch, unter den Marschierenden zu sein, mich mit ihnen treiben zu lassen, von der gleichen Macht getrieben zu werden, die sie beherrschte. Etwas in mir widersprach dem Versucher. Schon formten die Münder der Vorbeiziehenden, die noch vor ein paar Monaten das alte Spartakuslied angestimmt hatten, die neuen Worte auf die vertraute Melodie. Konnten die Herrschenden nicht recht haben, weil sie gesiegt hatten...

WENN JENE, von denen die Rede war, ihre Mission verrieten – es kann nicht vergessen werden, daß sie, die Zahlreichsten, auch die Schwächsten waren, die am meisten Unterdrückten, die am meisten Abhängigen. Sie, die nicht mit Leben beschäftigt waren, sondern mit der Reproduktion ihrer Arbeitskraft, sündigten an sich selber, als sie nicht bereit, als sie unfähig waren sich zu einigen. Sie bezahlten ihre Rechthaberei, ihren Trotz, ihre Überhebung mit zehntausenden von Erschlagenen und Gefolterten, dazu mit der Erniedrigung, sich selber nicht mehr Proletarier nennen zu dürfen.
Aber die Unterwerfung erfaßte ja viel mehr, sie erfaßte alle Schichten der Bevölkerung, die noch nicht verbotenen Parteien, die Kirchen, die Zeitungen, die Vereine, die Universitäten, die Gerichte, die Verlage, sie wurde täglich nackter, schamloser, aufdringlicher. Die Unterwerfung hatte tausend Gesichter; nicht nur die Überläufer wurden sichtbar, die wiederum in verschiedene Kategorien zerfielen, denn den einen, schlichteren, war es wie Schuppen von den Augen gefallen, während andere, die man als Angehörige einer demokratischen Partei gekannt hatte, das zweite Parteibuch aus der Tasche zogen, welches sie als jahrelang bewährte Kämpfer für die siegreiche Erhebung auswies – sichtbar wurden auch jene, die ihre lange zur Schau gestellte Überzeugung an den Nagel hängten wie man einen Sommeranzug zum Überwintern aufhängt, wobei sie einem augenzwinkernd versicherten, man dürfe auf sie zählen, wenn es einmal so weit sein würde.
Man hörte Reden, man las Artikel, die man den Rednern und Schreibern noch wenige Tage zuvor nicht zugetraut hätte: sie hatten als links gegolten. Die den faschistischen Jargon noch nicht beherrschten oder in denen Reste von Scham noch lebendig waren, müßten sich, wenigstens durch das Verwenden eines Be-

griffs, einer Floskel deutlich zu machen, daß sie den tieferen Sinn des Geschehens, auch bei gewissen Vorbehalten, verstanden und bejahten: es gelang ihnen stets, an einer Stelle etwas unterzubringen, das wie »Besinnung auf unsere völkischen Werte«, »Nationale Erhebung«, »endliche Volkwerdung« oder einfach »Blut« klang. Dies geschah in den Tagen und Wochen vor der verordneten Gleichschaltung.
Von meinen Schulkameraden, unter denen ich kaum Freunde besaß, weil wir durch gegensätzliche Anschauungen allzu tief getrennt waren, sah ich nach dem Abitur nur noch wenige, und dann meist zufällig.
Für Götz v. R., den Sohn eines Reichswehrgenerals, empfand ich Sympathie. Er war kleiner als ich, hatte ein rundes fröhliches Gesicht und spottete gern über die Nationalsozialisten. Den Kommunisten galt sein Spott nicht, er nahm sie ernst, bezeichnete sich als ihren Gegner, interessierte sich aber für marxistische Theorie und besonders für die Sowjetunion, die sein Vater gut kannte – er war einer jener hohen Offiziere, die Kontakt zur Roten Armee gehabt hatten. Götz v. R. hielt ein Bündnis Deutschlands mit Rußland für lebenswichtig, unbeschadet des in Rußland herrschenden Regimes. Ich gab ihm vor dem Machtantritt Hitlers ständig den »Aufbruch« zu lesen, welcher von ehemaligen Offizieren oder Rechtsaktivisten herausgegeben wurde, die Kommunisten geworden waren. Unter den Herausgebern waren der frühere Freikorpsführer Beppo Römer und die Schriftsteller Ludwig Renn und Bodo Uhse, Menschen, die ich nach und nach persönlich kennenlernte. Die Umstände bewirkten, daß ich Götz v. R. bald aus den Augen verlor. Bei unserem letzten Zusammentreffen bot er mir an, mich im Hause seiner Eltern zu verstecken, wenn ich in Gefahr sein würde. Ich lachte und dankte ihm. Im vorletzten Kriegsjahr hörte ich nachts im

Londoner Rundfunk seinen Namen: die amerikanische Marine hatte im Laufe des Tages ein deutsches U-Boot versenkt, der Kommandant, Kapitänleutnant Götz v. R., war in Gefangenschaft geraten.
Zu B. hatte ich eine merkwürdige Beziehung. Er war der Sohn eines im Ersten Weltkrieg gefallenen Offiziers; seine vermögenslose Mutter brachte große Opfer, um ihm den Schulbesuch und eine musikalische Ausbildung zu ermöglichen. Er war um die gleiche Zeit Mitglied der Hitlerjugend und der SA geworden, da ich, als einziger Schüler meines Gymnasiums, dem kommunistischen Jugendverband beigetreten war. B. haßte Marxisten, Juden und Ausländer. Außerdem spielte er, als ein Schüler Wilhelm Kempffs, glänzend Klavier. Es war einmal zwischen uns kurz zu Tätlichkeiten gekommen, weil ich aber boxen konnte und ihn in seine Schranken verwies, verhielt er sich mir gegenüber später friedlich. Er gehörte zu jenen zahlreichen hündischen Naturen, die nur im Rudel Mut schöpfen und gefährlich werden. Es sollte nicht mehr lange dauern, bis diese Rudel unter dem Absingen von »Wenn das Judenblut vom Messer spritzt, geht's uns nochmal so gut« Deutschland beherrschten. Noch war es nicht ganz so weit, und wir unterhielten uns oft und eindringlich über musikalische Dinge.
Im Frühjahr 1935 begegneten wir uns mehrfach an einigen Abenden, in deren Verlauf Claudio Arrau das gesamte Bachsche Klavierwerk spielte. Arrau, der gemeinsam mit meinem Lehrer mehrmals öffentlich gespielt hatte, zählte zu den ganz wenigen ausländischen Musikern, die in Deutschland damals noch zu hören waren. In den Pausen unterhielt ich mich mit B. Die herrschenden Verhältnisse hätten es ihm möglich gemacht, sich endlich an mir zu rächen. Aber er änderte sein Verhalten nicht, seit wir uns nach dem Abitur voneinander verabschiedet hatten. Wir disku-

tierten darüber, ob es angebracht sei, gewisse Figurationen legato zu spielen. Dabei sah ich den trüben, haßvollen Blick seiner kleinen, schrägstehenden Augen auf mich gerichtet. Zum erstenmal dachte ich über den wirklichen oder scheinbaren Waffenstillstand nach, den große Kunstwerke zwischen unerbittlichen, aber gleichermaßen kunsterfahrenen Gegnern oder Feinden herzustellen vermögen. Ich traf auch später noch einige Male auf dieses Phänomen, wurde aber den Verdacht nicht los, daß mindestens auf einer der beiden Seiten ein Mißverständnis gewaltet haben müsse.

G. war ebenfalls das, was man im Jargon der Zeit einen alten Kämpfer nannte. Er war intelligent, im Gegensatz zu B. ganz ohne Tücke, vielmehr freundlich und von geradem Wesen. Er hatte etwas Schwärmerisches an sich, auch war er nicht ganz gesund, sondern auf geheimnisvolle Weise beschädigt: alle paar Tage oder Wochen konnte es geschehen, daß mitten im Unterricht eine schreckliche Blässe sein Gesicht überzog, er wurde starr, war nicht mehr ansprechbar und sank halb zur Seite, wo sein Nachbar ihn stützte und hielt. Der Unterricht wurde in diesen Momenten unterbrochen, wir blickten beklommen auf G., der sich nach zwei, drei Minuten erholte und wieder am Unterricht teilnahm, als sei nichts gewesen. Dieser gefährdete, dabei gutherzige und an geistigen Dingen interessierte junge Mensch war nicht eigentlich das, was man sich unter einem SA-Mann vorstellte, und doch war er einer. Wir waren nicht befreundet, konnten es nicht sein, aber wir empfanden Sympathie füreinander, manchmal sprachen wir scherzend darüber, ob wir nicht vielleicht in einer der letzten Nächte aufeinander geschossen hätten, denn bei diesen kurzen Geplänkeln in den nächtlichen Straßen pflegte man zuerst die Laternen zu zerschießen, um dem Gegner kein deutliches Ziel zu bieten – man

wurde nicht gesehen und sah in der Dunkelheit nur Schatten.
Ich begegnete G. kurz vor meinem Weggang aus Deutschland nachts am Wittenbergplatz. Wir gingen eine Weile spazieren, er begann von Politik zu reden und stellte mir nach wenigen Minuten ohne Umschweife die Frage: »Bist du noch Kommunist?« Ich zögerte, aber ein Illegaler entwickelt schnell einen Instinkt dafür, wie weit er bei diesem oder jenem Gesprächspartner gehen kann. Ich erwiderte, er, G., kenne mich ja, er müsse also wissen, daß ich meine Anschauungen nicht wechsle wie ein Hemd. Er zeigte keine Überraschung, nickte ein paarmal und sagte: »Ich habe es mir gedacht. Aber ich bin ein anderer.« Es war an mir überrascht zu sein. »Bist du kein Nationalsozialist mehr?« fragte ich. »Doch!« sagte er leise, »aber wir werden eine neue Bewegung schaffen müssen. Adolf Hitler hat uns verraten. Eine soziale Revolution hat nicht stattgefunden«. Er war einer von denen, die aufrichtig an den revolutionären Charakter dieser Gegenrevolution geglaubt hatten, und gehörte nun zu den wenigen, die aus ihrer Enttäuschung Folgerungen ziehen wollten. Wir gaben uns die Hand. Auch ihn habe ich nicht wiedergesehen.
Die Woge der Geschichte ging über meine Schulkameraden hinweg, sie riß auch meine Freunde ins Nichts. Fritz K. war Lieferbote bei einer mittelgroßen Berliner Firma, klein, blond, drahtig, von liebenswürdiger Frechheit, er hatte den Mund voller Witze. Ich hatte vergeblich versucht, ihn für Bücher zu interessieren und stellte ihm unseren gemeinsamen Freund Heinrich als Beispiel vor Augen; Heinrich las eifrig und unaufhörlich, einmal Shakespeare, einmal Darwin, er betrachtete mich als den Besitzer einer Leihbücherei, und ich übernahm diese Rolle mit Entzücken. Aber Fritz hielt es nicht lange mit Büchern aus, man konnte es ihm nicht übelnehmen, schon

hatte er wieder ein Wort bereit, das einen zum Lachen brachte, lieber ging er zu Versammlungen und Demonstrationen; er war lustig, mutig und treu, ein Berliner Gavroche. Er fiel als einer der ersten Toten des Krieges vor den Toren von Warschau.

Walter N. war mir lieb. Er war Maurer von Beruf, kräftig und ansehnlich, zum Denken und Nachdenken eher aufgelegt als zum Reden, denn er litt unter einem Sprachfehler. Ein paar Tage nach der Machtergreifung Hitlers suchte ich ihn auf, um ihn für die illegale Tätigkeit zu gewinnen. Er lehnte ab. Er erklärte mir, die Arbeitsfront habe ihm die Teilnahme an einem kostenlosen Lehrgang angeboten, an dessen Ende die Prüfung zum Polier stehen würde. »Das wirst du doch verstehen, daß ich diese Möglichkeit wahrnehmen muß. Arbeit habe ich auch sofort bekommen, zum erstenmal seit drei Jahren. Und wenn ich erst Polier bin, kann ich ja später für die Sache viel mehr tun. Und wir sind ja dafür, daß die Leute sich qualifizieren...« Walter N. marschierte mit Millionen anderer nach Osten, er geriet in sowjetische Gefangenschaft und wurde kurz nach Kriegsschluß entlassen. Alles hätte noch gut ausgehen können, da trank er im Zug, der ihn nach Hause brachte, Wasser aus dem Tender, er hatte schon Typhus, als der Zug über die Grenze rollte, und er lebte keine drei Tage mehr.

Albert H., der aus meiner Heimatstadt stammte, kämpfte in Spanien. Beim Vorgehen über ein erobertes Geländestück bemerkte er einen verwundeten Franco-Offizier, der zu verstehen gab, daß er sich ergeben wolle. Als Albert auf ihn zuging, zog der andere eine Pistole und schoß ihm auf kürzeste Entfernung in den Unterleib. Albert erschoß den Faschisten, dann schaffte man ihn fort; wie viele Schwerverwundete der Brigaden brachte man ihn in die Sowjetunion, die Wunde heilte, aber er hatte aufgehört, ein

Mann zu sein. Als der Angriff auf die Sowjetunion begann, meldete er sich zu einer Fallschirmaktion über Deutschland. Er blieb verschollen wie andere auch. Erst nach dem Krieg fand man seine Akten bei der Gestapo, die kurzen Angaben über seinen Tod. Nur durch die angeheftete Fotografie erfuhr man, daß es sich um Albert H. handelte. Er hatte unter der Folter nichts preisgegeben, nicht einmal seinen Namen. Er war als Unbekannter hingerichtet worden.

AN EINEM SPÄTEN WINTERABEND im zweiten Jahr meiner Illegalität hörte ich, nachdem ich, von einer konspirativen Zusammenkunft kommend, durchfroren vom Rad gestiegen war, in meinem kleinen Zimmer Radio Moskau und erfuhr, ein Attentat habe sich an diesem Tag in Leningrad ereignet. Sergej Kirow, der Sekretär der Leningrader Parteiorganisation, war erschossen worden. Kirows Name war im Ausland kaum bekannt, ich hatte ihn ein-, zweimal gelesen, ein Bild zeigte einen noch jugendlichen Löwenkopf mit energischem Blick. Der Täter, hieß es, sei verhaftet, nach seinen Hintermännern werde gefahndet.
Schon hatte ich mich daran gewöhnt, die Frage »Wem nützt es?« zu stellen. Eine berechtigte, eine notwendige Frage, gewiß, die aber nur allzuoft in einem abgekürzten, voluntaristischen Sinne beantwortet werden kann und dem Fragesteller zudem auf einen Schlag den Anschein verleiht, im Besitz umfassender Gewißheiten zu sein. Daß die Erzfeinde des Kommunismus, die Nationalsozialisten, an dem Attentat als einem Teil einer geplanten totalen Zerstörung interessiert sein mußten, stand für mich bereits fest, ehe ich Kenntnis von Kommentaren erhielt, die nicht lange auf sich warten ließen. In den nächsten Tagen trafen Meldungen ein, die gesuchten Hintermänner seien verhaftet worden. Es handelte sich um alte Revolutionäre wie Sinowjew, Kamenjew und andere. Die Nennung dieser Namen rief äußerste Bestürzung hervor. Aber war nicht bekannt, daß jede Revolution Verräter hervorgebracht hatte, waren nicht oft genug einstige Führer von Revolutionen in Verrat verstrickt worden, dergestalt, daß eigentlich erst der Auftritt der Abtrünnigen die Revolution als solche bestätigte?
Diese Überlegungen und die Artikel in den nationalsozialistischen Zeitungen, die von den Ereignissen im

Ton einer gezwungenen Sachlichkeit, wenn auch nicht ohne Sarkasmus, berichteten, verwandelten meine Trauer um Kirow in eine gleichsam gegen den Feind gewendete Schadenfreude. Ich glaubte in dem leisen Hohn der Artikel eine schlechtunterdrückte Wut über die Offenlegung weitreichender Pläne wahrnehmen zu können. Ein Arbeiterführer war gefallen, aber Stalins Blick war unbestechlich, er würde jeden entlarven, der unseren Weg bedrohte.

ICH HATTE MICH mit E. verabredet, den ich lange Zeit nicht gesehen hatte. Eine Botschaft von ihm hatte mich erreicht und bezeichnete mir Zeit und Ort unseres Zusammentreffens. Auf dem Wege versuchte ich mich zu erinnern, wo und wann wir uns zum letzten Mal gesehen hatten, ich konnte es nicht, der Ort war nicht mehr auffindbar in meinem Gedächtnis, es schien unendlich lange her zu sein. Es dämmerte stark, als ich an die verabredete Stelle kam, und mit angstvollem Staunen bemerkte ich, daß es der Garten meiner Kindheit war, in dem ich stand. In der zunehmenden Dunkelheit leuchtete phosphoreszierend der Kies auf den schmalen Wegen, wie einen Schatten sah ich die Taxushecke, in der Laube standen gegen den schwarzen Hintergrund die hellgestrichenen Möbel. Plötzlich fiel mir ein, daß E. ja vor vielen Jahren bei Gandesa gefallen war. Ich war allein, die Dunkelheit war noch tiefer geworden, ich fürchtete mich und rief seinen Namen. Aber niemand antwortete; es war, als rausche, sie immer weiter verdunkelnd, ein Vorhang nach dem anderen nieder über die Finsternis, die um mich war.

IN DEN JAHREN MEINER KINDHEIT hatte ich den Berliner Norden nicht gekannt, ich lernte ihn erst flüchtig kennen in den kurzen drei Jahren, die zwischen dem Regierungsantritt der Nationalsozialisten und meinem Weggang aus Deutschland verstrichen.
An einem Spätsommertag befand ich mich in der Schönhauser Allee, schräg gegenüber der großen Brauerei, deren langgestreckter Bau heute anderen Zwecken dient, an jener Stelle etwa, wo die Gleise der Hochbahn unter der Erde verschwinden. In einem Laden hatte ich mir eine Tüte Kirschen gekauft und mich auf einer von drei oder vier Bänken niedergelassen, die dort im Halbkreis angeordnet waren. Die äußerste Bank rechts von mir war frisch mit gelber Farbe gestrichen, der jahrhundertealten Farbe der Schande. Vor kurzem waren die Nürnberger Gesetze verkündet worden. »Nur für Juden« stand mit schwarzen Buchstaben auf der Rückenlehne der gelben Bank. In diesem Viertel wohnten nicht wenige arme Juden, meistens kleine Handwerker und Händler. Einer der alten jüdischen Friedhöfe der Stadt befand sich nur wenige Schritte entfernt; auf ihm lag seit ein paar Monaten ein Freund meiner Familie, der Maler Max Liebermann.
Ich saß noch nicht lange auf meinem Platz, als zwei große Männer über den Fahrdamm langsam auf mich zu kamen. Sie waren nicht einfach groß, sie waren riesenhaft wie die Karyatiden an den Eingängen der Gründerzeithäuser, ihre mächtigen Körper waren von messingbeschlagenen Lederschürzen bedeckt. Ihresgleichen hatte ich schon oft gesehen. Damals brachten noch zwei- oder vierspännige Wagen die Bierfässer in die Läden und Gaststätten; auf dem Bock der stattlichen, festlichen Wagen saßen die athletischen Männer, die die schweren oldenburgischen und belgischen Pferde lenkten. Die Tiere, ihren Mei-

stern an Kraft und Würde ähnlich, waren stets schön geschmückt, ihre Mähnen waren mit Bändern durchflochten, die Messingbeschläge an ihrem Geschirr blitzten. Die beiden Männer, die blond und rotgesichtig auf mich zu wandelten, wollten offenbar ihre Arbeitspause an diesem Platz verbringen. Sie hielten Bierflaschen und Pakete mit Frühstücksbroten und würdigten mich keines Blicks. Schon wollte der eine sich auf die Nachbarbank niedersetzen, als der andere ihn mit einer Handbewegung zurückhielt. »Nein, Karl«, sagte er mit tiefer Stimme, die sich aus ihm erst hervorarbeiten mußte und einem leisen Brüllen glich, »nein, nicht hier. Dort ist unser Platz.« Und beide gingen weiter und ließen sich auf der Bank nieder, die die Aufschrift »Nur für Juden« trug. Mit gemessenen Bewegungen begannen sie ernst ihre Mahlzeit, ohne ihre Umgebung zu beachten, stumm bis auf gelegentliche einsilbige Bemerkungen, die sie einander mit undurchdringlicher Miene knurrend hinwarfen. Ich mußte mich abwenden.
Bei Lenin hatte ich gelesen, daß auch nur die kleinste Nuance des Antisemitismus vom reaktionären Charakter der Gruppe oder Einzelperson zeugt, an der sie sichtbar wird. Ich begriff, daß diese Bemerkung das Wesen einer Formel, einer mathematischen Gleichung in sich trug. Wo immer die feige Pest sichtbar würde, da könnte, allen großen Worten zum Trotz, kein Sozialismus sein. Hier folgten Millionen willig einem Wahn, der sich nationaler Sozialismus nannte.
Ich wußte, daß ich den Beiden nichts sagen konnte. Aber nie würde ich die ungeschlachten Männer vergessen, ihre Müdigkeit, ihre Verachtung einer erbärmlichen Zeit, ihren wortlosen Edelmut. Allein gelassen von ihresgleichen boten sie dem Pöbel die Stirn.

Für György Somlyó

GEGEN ABEND stieg ich den Hügel hinab, auf dem das Haus lag, quer durch ein kurzes Waldstück, vorbei am Gärtnerhaus, von dem die Tauben gurrten. Jenseits der Straße befand sich der Bootssteg, auf dem ich mich niederließ, um Gedichte zu schreiben. Rechts von mir sah ich die Brücke von Ferch, vor mir lag die Havel, im Abend erblassend, dann dunkler werdend. An manchen Stellen entzündete die tiefstehende Sonne die Gewässer; durch das jähe Sprühen des Lichts schwammen kleine hurtige Taucher. Die fernen und nahen Rufe der Vögel hatten einen zögernden, ermüdeten Klang.

Ich hatte vom elften, zwölften Lebensjahr an Gedichte geschrieben. Meist orientierten sie sich an anderen Gedichten, die mir gefielen, an einem Gedanken, den ich in ihnen gefunden hatte. Mich interessierten poetische Formen, ich versuchte mich an achtzeiligen Stanzen und Sonetten. Noch mitten im Versuch begriff ich, daß, was ich da schrieb, nichts taugte. Ich fühlte, daß meine Gedanken nicht wert waren mitgeteilt zu werden, daß ich andererseits nicht imstande war, das Empfundene oder Gedachte der von mir gewählten Form zu unterwerfen. Von Zeit zu Zeit vernichtete ich, was sich bei mir angesammelt hatte, aber meine kindliche Eitelkeit wollte auch nicht darauf verzichten, dies und jenes meinen Eltern und manchen Bekannten meiner Eltern zu zeigen. Das von mir herbeigewünschte Lob, das mir auch reichlich zuteil wurde, beschämte mich, sobald ich es empfing.

An jenem Abend in Ferch hatte ich keine bestimmte Absicht gehabt, ich hatte nicht an bestimmte Metren oder Strophen gedacht. Der Abend wurde tiefer, die Vogelrufe waren verstummt. Regungslos sah ich auf die Verse nieder, die ich gerade geschrieben hatte. Ich

wußte nicht, ob, was da stand, wirklich gut war, aber ich fühlte, daß es mein erstes Gedicht war. Ich war damals fünfzehn Jahre alt.
Daß ich das Gedicht in meinem Besitz habe, verdanke ich einem Zufall. Es wurde ein Jahr darauf in einer kleinen Anthologie veröffentlicht, die ich Jahrzehnte später, lange nach dem Krieg, in einem Antiquariat fand. Einige andere ebenfalls veröffentlichte Gedichte gingen mir verloren. Gerade diese Gedichte zeigte ich niemand mehr, meinen Bruder ausgenommen.
Auf dem Bootssteg bei Ferch erfuhr ich zum erstenmal, wie ein Gedicht entsteht. Ich hatte keinen Vorsatz gehabt, kein Ziel, ich hatte nicht an ein Reimschema gedacht, der Abend sank, ich spürte eine unmerkliche Bewegung, die schon dagewesen sein mußte, ehe ich sie wahrnahm, sacht, aber nachdrücklicher als der Schlag der winzigen Wellen gegen die Pfosten des Bootsstegs, ein rhythmisches Fluten und Ebben in mir und eine atmende Müdigkeit wie die der sich verdunkelnden Wasser. Zwei, drei zusammenhanglose Wörter trieben auf diesem pulsenden Grund.
Von diesem Augenblick an begann ich meine Gedichte ernst zu nehmen, wenn auch nicht allzu ernst; vor diesem letzteren bewahrte mich die allmählich wachsende Überzeugung, daß man, was Dichtung und Musik, zumal in Deutschland, betraf, kaum über das Errreichte hinaus gelangen könnte. Doch gab mir die Behauptung eines Dichters zu denken, man könne im Laufe eines Lebens sechs gültige Zeilen zustandebringen. Dem widersprach übrigens ein anderer Dichter. Da ich von diesem wußte, daß er jedes seiner eigenen Worte, mit denen er nicht gerade sparsam umging, von vornherein gewissermaßen in Marmor gemeißelt vor sich erblickte, machte sein Widerspruch kaum Eindruck auf mich. Wichtiger schien mir der Satz des ersten zu sein: er ließ mich nicht gänzlich ohne Hoffnung.

Das Schreiben von Gedichten wurde mir zur Gewohnheit. Sie schienen da zu sein, ich brauchte sie nur abzurufen, wenn ich sie benötigte. Was ich hervorbrachte, konnte nicht ohne Einfluß meiner Lebensumstände bleiben, der politischen Ziele, die ich gemeinsam mit anderen erreichen wollte, der Gesellschaft, die mir erstrebenswert zu sein schien. Am leichtesten fiel mir alles zwischen dem zweiundzwanzigsten und dem dreißigsten Lebensjahr – in diesem Jahr endete der Krieg; einige Monate zuvor war mein erster Gedichtband in Zürich erschienen. Ich entsinne mich, daß ich an einem gewissen Tage auf der Bahnhofstraße von Buchhandlung zu Buchhandlung ging und in jeder Auslage mein Buch betrachten konnte. Ich war freudig erregt, als hätte ich endlich eine Botschaft abgeliefert, die lange auf mir gelastet hatte. Diese naive Befriedigung hat sich später nie mehr eingestellt.

Ich konnte viel Freundliches über mich lesen, bald aber auch manche Bedenken hören, ich sei, bei aller Begabung, ein unverbesserlicher Adept formalistischer und unnötig schwieriger Methoden. Wir gingen durch Zeiten, die zu kennzeichnen manche den Allerweltsausdruck »kompliziert« gebrauchten. Eigenen Überzeugungen entsprechend unternahm ich manchen Versuch, mich zu ändern. Der Wunsch, nützlich zu sein, wurde eine Weile beherrschend. Eine ausländische Freundin, der gegenüber ich mich in diesem Sinne äußerte, widersprach mir heftig: keine Poesie könne in der von mir angedeuteten Richtung einen Nutzen bringen, am wenigsten für die vorgestellten Empfänger. Ihr wirklicher »Nutzen«, sofern man diesen absurden Begriff verwenden wolle, liege in ihrem unverwechselbaren Neubenennen des scheinbar Vertrauten, in ihrer Verjüngungsfunktion, ihrem Heraufrufen des Vergessenen. Während sie noch sprach, fühlte ich mich immer weniger imstande ihren Worten zu folgen. Ich konnte ihr nicht ganz unrecht geben, aber ich sah Dichtung, auch meine eigene, in Zwänge und Zusammenhänge verstrickt, ich konnte nicht außerhalb der Zeit stehen, in der ich lebte, und auch ich bejahte die unreine, nicht die reine Dichtung. Ich war im Laufe meines Lebens in manchen Ländern Dichtern jener Art begegnet, mit einigen verband mich Freundschaft.

Während die Worte meiner Freundin immer leiser zu mir drangen, sah ich die lange Blutspur der Dichtung seit den Tagen des Ch'ü Yüan und des Ovid über jene des André Chénier und Hölderlins und durch die kahle Landschaft von Harrar bis in unsere Tage reichen; sie lief durch Exil, Haft und Tod. Ich stand an der Grube, in die dieses Blut geflossen war, ehe ich zu den Schatten hinab stieg. Auch dachte ich an die Tage, als die Dichtung mich davor bewahrt hatte, stumpf zu werden und nur noch zu existieren, als ich drei kleine Bände, in denen zu lesen ich mich täglich zwang, in meiner Tasche trug, durch Kriege, unter Steckbriefen hindurch, einen Hölderlin, einen Shelley, einen Baudelaire, meine ganze Bibliothek.

Mittlerweile verschwanden allmählich aus meinem Leben die Verse, die ich schrieb. Sie verloren sich wie ein leiser Schmerz, an den man sich schon gewöhnt hatte und ohne den man eines Morgens ein wenig verwundert, auch nicht ohne ein Gefühl der Leere, erwacht. Niemand trug dafür eine Verantwortung, ich selbst ausgenommen. Was da einmal gesprochen hatte, verstummte, als so viele widerstreitende Stimmen in mir zu reden anhuben. Manchmal begann grundlos das Fluten und Ebben, das ich seit dem Abend auf dem Bootssteg bei Ferch kannte, das ich in mich versunken beobachtete. Ich regte mich nicht und fühlte nur, wie es kam und verging.

VON ZEIT ZU ZEIT besuchte ich meinen Vater. Seit unserer letzten heftigen Auseinandersetzung, als ich mich geweigert hatte, nach Cambridge zu gehen, und, auf seine Frage nach den Gründen, ihm erwidert hatte, es ginge um die deutsche Revolution und ich wolle bei den Arbeitern bleiben, hatte er es aufgegeben, mit mir über Politik zu streiten. Manchmal redete ich ihm zu, ins Ausland zu gehen. Er lächelte und sah an mir vorbei: »Wozu?« Nach einer Pause fügte er hinzu: »Deutschland ist ein Zuchthaus, gewiß, aber ein komfortables Zuchthaus.« »Übrigens«, fuhr er fort, »habe ich schon lange nicht mehr so viel Geld verdient wie gerade jetzt. Man muß es den Herrschaften lassen: für die Wirtschaft tun sie eine Menge.« Er fragte mich, ob ich etwas brauche; ich beruhigte ihn: ich käme mit meinem Verdienst schon zurecht. Seine Miene zeigte, daß er nicht weiter zu sprechen wünschte, er setzte sich an den Flügel, und wir spielten Mozartsonaten.

Er war immer ein Mensch gewesen, der ungern sprach, von distanzierter, abwesender Freundlichkeit, so sehr in sein Schweigen und Träumen vertieft, daß er oft lange Minuten brauchte, um in die Wirklichkeit zurückzufinden, wenn man ihn beharrlich anredete oder ihm Fragen stellte. In seinen Blick trat dann ein Ausdruck wachsender Angst, und da ich als junger Mensch begonnen hatte, in ähnliche Zustände zu geraten, brauchte ich keine Erklärungen für sein Verhalten. »Wie ähnlich im Wesen du ihm bist«, hatte ich schon früh zu hören bekommen. So weit uns das Leben auseinander führte, fühlte ich mich ihm immer nahe. Ich brauchte nicht zu fragen, was in ihm vorging, da ich ja nichts als sein Abbild war. Vielleicht wußte er es; mich tröstet diese Vermutung nach so langer Zeit höchst bruchstückhaften Redens, die, vor Jahrzehnten schon, mit seinem Tod in steinernem Schweigen endete.

Immer noch spielte er in der Morgendämmerung, lange vor dem Frühstück und vor der Ankunft der Sekretärin, zwei Stunden aus dem »Wohltemperierten Klavier«. Sein Klavierspiel war so wundervoll wie immer; er spielte noch mehr als früher in dieser Zeit, die er mit Verachtung ertrug. Die Musik hatte ihm immer das Leben ermöglicht, jetzt verbrachte er mit ihr einen großen Teil des Tages. Manchmal forderte er mich auf, mit ihm zu musizieren; ich geigte nicht schlecht, war ihm aber nicht gleichwertig. Immerhin lobte er mich, weil ich, wie er sich ausdrückte, verstünde, was ich spielte. Kammermusik, die, in wechselnder Besetzung, bei uns in früheren Jahren üblich gewesen war, gab es kaum noch – unsere Freunde und Partner waren abgereist oder zogen vor, uns nicht mehr zu besuchen.

Einmal begegnete meinem Vater und mir auf einem unserer sehr seltenen gemeinsamen Gänge ein Freund, einer der bemerkenswertesten jüngeren Komponisten Deutschlands. Er hatte viele Jahre hindurch in unserem Hause verkehrt und gehörte zu den zahlreichen Künstlern, denen mein Vater geholfen hatte. Nun beeilte er sich, die nächste Querstraße zu erreichen, in die er hastig einbog, um uns nicht begrüßen zu müssen. Er kam nie wieder in unser Haus, wie ich später erfuhr. Dem Nationalsozialismus hatte er keine künstlerischen Zugeständnisse gemacht; sein bestes Werk war während des Krieges von einem der berühmtesten Ensembles des Reiches uraufgeführt und am folgenden Tage vom Propagandaminister verboten worden. Viele Jahre später traf ich ihn wieder. Er sprach mit großer Anteilnahme von meiner Familie und mir; er fragte nach meinem Vater. Ich sagte ihm, man habe ihn in der Kristallnacht nach Sachsenhausen gebracht. Zwischen uns war nichts eigentlich Böses getreten. Er hatte uns einfach, von einem gewissen Augenblick an, nicht mehr kennen

wollen. Erst viel später begriff ich, daß das Gefühl, jemandem verpflichtet zu sein, nur bei innerlich starken Menschen zu den notwendigen Folgen führt, Schwächlingen aber ganz und gar unerträglich ist und sie sogar zu Aggressionen gegen jene reizt, denen sie Dankbarkeit schulden. Dieser Mann zählte weder zu den durchaus Starken noch zu den Schwachen; er gehörte zu jener Mehrheit, die eine dritte Kategorie bildet. Ich traf ihn, was unvermeidlich war, in der Folgezeit öfters. Niemals erwähnten wir die von ihm vermiedene Begegnung auf der Straße und sein Verschwinden aus unserem Gesichtskreis. Manchmal trat in seinen Blick ein gehetzter, lauernder Ausdruck, als wisse er um mein Wissen, meine Erinnerung. Dieser Ausdruck setzte mich in Verlegenheit. Ich wollte ihn nicht beschämen, aber es war mir auch nicht gegeben, seinen Verdacht zu zerstreuen. Derartige Begegnungen bestärkten mich nur in meinem neuen Lebensgefühl, das zusammengesetzt war aus dem Wunsch aufzuschreien und gänzlicher Gleichgültigkeit. Es drückte nun einmal die Art von Verstörung aus, die ich davongetragen hatte, und gleichzeitig ein Erhaltendes, etwas, das mir ermöglichte, weiter zu existieren.
Von dem, was meinem Vater später widerfuhr, weiß ich nur wenig, von wenigen Zeugen. Einer meiner Freunde, ein junger Metallarbeiter, hatte ihn in Sachsenhausen gesehen, wie er, gegen Ende des Jahres, in dünnem Drillich Steine klopfte. Er habe gewußt, sagte mein Freund, daß mein Vater niemals zuvor körperlich gearbeitet hatte; er habe ihn auch ohne Klage schwere Lasten tragen sehen, nach seiner Einlieferung, die besonders furchtbar gewesen sei. Er habe der SS gegenüber bis zuletzt eine merkwürdige Haltung gewahrt, die Disziplin, Höflichkeit und Verachtung ausdrückte.
Er war zuvor in immer tiefere Einsamkeit geraten in dem Land, das er nicht hatte aufgeben wollen. Er saß

am Flügel oder ging unter den in langen Jahren gesammelten Bildern auf und ab. Zu dieser Zeit hielt ich mich schon in anderen Ländern auf. Denke ich an ihn, so erscheint er mir nicht in der Gestalt, die er in seinen letzten Jahren angenommen hatte, welche für uns ja eigentlich nicht mehr gemeinsame Jahre gewesen waren. Ich sehe ihn jugendlich, rasch, elegant unter eleganten Leuten, ich selber stehe klein, schweigsam und undeutlich neben meiner Erzieherin im Hintergrund. Jemand in unserer Nähe sagte zu seinem Nachbar: »Welch ein schöner Mensch!« Ich wunderte mich: wie konnte er schön sein, er war doch einfach mein Vater. Wir hatten oft Gesellschaft bei uns. Wenn die Leute schon nachmittags kamen, wollten sie manchmal meinen Bruder und mich sehen, und man führte uns beide oder nur mich in die Zimmer, wo sich die Gesellschaft aufhielt, die uns mit freundlichen Ausrufen begrüßte und bald vergaß. Einmal fiel der Blick meines Vaters, der mit Leuten plauderte, auf mich, wie ich verloren in einer Ecke stand, er unterbrach sein Gespräch, faßte mich an der Hand und führte mich in ein anderes Zimmer, wo er mich plötzlich zu sich empor zog, mich an sich preßte und stumm und verzweifelt küßte. Es war ein süßer und furchterregender Augenblick, ich rang nach Luft unter diesem verzehrenden Kuß, ich wehrte mich in seinen Armen, denn er war nicht scharf rasiert an jenem Tag, und ich stach mich an seinen Wangen. Er stellte mich auf den Boden und brachte mich ins Kinderzimmer und als ich zu ihm aufblickte, sah ich verwirrt zum ersten- und letztenmal Tränen in seinen Augen.
Ich sehe ihn aber, wie er sofort von neuem das Kinderzimmer betritt, was selten vorkam. Es muß ein oder zwei Jahre später gewesen sein, ich war etwa sechs Jahre alt. Ich solle die Hände aufhalten, sagte er, hier habe er etwas für uns zum Spielen. Es waren zwei kleine metallene Gegenstände, die beiden Orden, die

er aus dem Krieg mitgebracht hatte. Wir wußten nicht, was mit ihnen anzufangen war, aber sie lagen noch lange zwischen unseren Stofftieren und kleinen hölzernen Automobilen. Später erfuhr ich, daß mein Vater, der 1914 die wilden nationalistischen Ansichten der großen Mehrheit geteilt hatte, verändert, verwandelt zurückgekommen war. Nur sehr selten sprach er ein Verbot aus, aber es war meinem Bruder und mir verboten, Bleisoldaten zu besitzen, was wir verständnislos und bitter beklagten. Er schlug mich nur einmal; ich war etwa dreizehn und erlaubte mir bei Tisch, im Laufe eines Gesprächs, von dem ich nichts mehr weiß, das aber offenbar Politisches berührte, die Bemerkung, wir würden uns unser Recht, und damit Elsaß-Lothringen, schon wieder holen. Mein Vater verfärbte sich bei diesen Worten, er erhob sich ohne ein Wort, trat neben meinen Stuhl und schlug mir ins Gesicht, worauf er das Zimmer verließ. Später erst fiel mir auf, daß er den Krieg nie erwähnte, sondern jedesmal, wenn andere das Gespräch auf dieses Thema brachten, in ein langes Schweigen verfiel.
Aber damals, also viel später, als er eigentlich nur noch allein und in Musik vertieft auf die Katastrophe zu warten schien, hatte er fast alle seine Gewohnheiten verändert. Er hatte nicht darauf gewartet, daß man ihm den Austritt aus seinem Klub nahe legte; er hatte seinen Austritt erklärt. Er kaufte keine Bilder mehr, er verkaufte viele; ich fragte nicht nach ihnen, ich nahm hin, daß ich bei meinen seltenen Besuchen dies oder jenes vermißte; noch konnte ich den schönen unheimlichen Odilon Redon anschauen, aus dessen Rauch Blumen sichtbar wurden, die nicht auf Erden blühen; noch hing das Portrait meiner Eltern von Corinth im großen Zimmer. Lange nach dem Zweiten Weltkrieg sah ich im Museum von Oslo, nachdem ich lange nicht an die Bilder meines Vaters ge-

dacht hatte, einen Munch, der Jahre hindurch über seinem Schreibtisch gehangen hatte. Er stellte die Silhouette eines Mannes am Fenster eines völlig verdunkelten Zimmers dar, während auf dem dunklen Meer vor dem Fenster ein beleuchtetes Schiff vorbeifährt. Aber nicht nur manche Bilder fehlten, mein Vater hatte auch die Pferde verkauft, denn er ritt nicht mehr, es wäre auch seltsam gewesen, wenn er an dieser Gewohnheit festzuhalten gesucht hätte, seit sich die Herren von den Reiterstürmen im Tiergarten tummelten. Ich besaß schon lange kein Pferd mehr; mein Vater war enttäuscht gewesen, als er bemerkt hatte, daß ich nicht besonders gern ritt und es eigentlich nur seinetwegen tat.

In früheren Jahren, noch als Kind, war ich ihm täglich begegnet, wenn ich in Begleitung meiner Erzieherin spazierenging. Bei trockenem Wetter durfte ich mein kleines Rad mitnehmen, und ich fuhr dicht neben dem Reitweg, der parallel zur Charlottenburger Chaussee hin lief, die kleinen Erdhügel hinauf und hinunter, die gegen die alten Bäume vor der Front der Technischen Hochschule aufgeschüttet waren. Er kam uns im englischen Trab entgegen, schon von weitem durch die Baumreihe hindurch sichtbar, auch ritt er immer allein; ein leichter, von der unsichtbaren Sonne angestrahlter Nebel lag zwischen den herbstlichen Bäumen, von denen Blatt um Blatt herniedersegelte. Ich sah ihm entzückt entgegen, wie er so lässig und heiter zu Pferde saß. »Papa!« rief ich. Aber er antwortete nicht, in unvermindertem Trab ritt er weiter, sah mit seinem vertrauten Lächeln schräg auf uns nieder oder auch ein wenig an uns vorbei, hob nur die Gerte an den Rand seines Hutes. Wir standen still und sahen ihm nach, während hinter uns die Reifen vereinzelter Wagen auf dem Asphalt rauschten, und sahen Reiter und Pferd im goldenen Nebel verdämmern.

HERAN, HERAN... was hat da begonnen, was will das sein. Du hoher Himmel, du zärtlicher Blick. *Heran, heran.* Zum letztenmal. Ihr alle, du und du und du, *heran, heran, was wiegen kann.* Wißt ihr noch, weißt du noch. Daß es nicht laut werde, laßt es nicht zu. Leiser noch, leise, daß niemand uns hört, daß keiner uns stört. In tiefster Tiefe, wir haben's gewußt, komm, es ist Zeit, sagt eine Stimme, jetzt gehen wir schlafen, be a nice boy will you, die hohe gläserne Tür rollt, die Stimmen treten zurück, und noch einmal das Eingangsthema, sie sind mit dem ersten Satz noch nicht zufrieden, wie wunderbar rauscht der Flügel auf, diese Musik paßt nicht hierher, ihre wilde, unstillbare Klage, die sich vergeblich hinter einem Salonton zu verbergen sucht, warum auch diese Paraphrase auf eine berühmte Mazurka, und selbst die Widmung »Dem Andenken an einen großen Musiker« kann nicht verhehlen, worum es in Wahrheit geht, und an N.'s Hand trete ich in mein Zimmer, da steht mein Bett, ein treues Licht leuchtet, *gute Ruh, gute Ruh! tu die Augen zu!* Und der warme langsame Regen, der aus dem gleichförmig unbewegten hellgrauen Himmel auf die halbgeschlossenen Lider fällt, während ich fast verborgen unter der Hecke am Weg liege, die leeren Wiesen vor mir, über die ferne Dorfgeräusche klingen. Der Wind hat sich gelegt, und der Blick steigt in die bewegungslosen Baumkronen über dem Getropf, dem Murmeln der Wasser, der Rinnsale, der Bäche, der Ströme. *Wandrer, du müder, du bist zu Haus.* Das sind nicht die Wasser, dort hinter der Tür, ihr seid es doch, ist es möglich, so nah, und ich habe es nicht gewußt, und jetzt auch die Stimme von E., die mein Vater begleitet, *woget und wieget den Knaben mir ein,* und jetzt das blasse, rötlich geränderte Gefältel der Nelken auf den Beeten zwischen den Reihen der gestutzten Pappeln, während das Wasser über die aus dem Becken sich aufbäumenden Rosse strömt, die zur entlegen ragenden Festung hinaufstürmen. Um ihr graues Gestein lagert das Abendgewölk am grünlich-rosigen Himmel. Welch ein Glück, daß der Schlaf immer nebenan war, daß man zu ihm flüchten, sich in ihn retten konnte, auch damals, auch dort, auch hier, auch jetzt, du Anderes, Ersehntes, du nahe Ferne, Himmel, der sich jetzt dunkler färbt, und immer das wechselnde Gewölk, die Grenzen der Landschaft, die zurücktreten, ein Gewoge von vulkanischen Kuppen mit ihren Kastellen, dahinten liegen die Pyrenäen, unsichtbar irgendwo im Norden die Kathedrale, die längst verhallten Kämpfe, Schatten, die über die Hügellehne wandern, *daß ihn dein Schatten, dein Schatten nicht weckt.* Aber im Hause herrschte die Stille, die fernen Glocken machten sie tiefer, nur das Rascheln der Buchseiten war zu hören, ein leiser Schritt im Gang, vor den Fenstern wogte noch das grüne Licht der Kastanien, da fiel schon der Schnee unaufhörlich in meinen Halbschlaf, wer sang da leise neben mir, was sang die Stimme, was ward mir an der Wiege gesungen. Du süßer Amsellaut, hinter Schneefall und Laubwerk formte sich eine Zeit, die immer die neue Zeit war, verurteilend und verheißend, immer die Schwelle zur niegeschauten, endlich und unaufhaltsam nahenden Zukunft, plötzlich stand die neue Zeit um mich, ich war in ihr, vom Glück ausersehen an ihr teilzuhaben, ich hatte von ihr nichts gewußt, nichts geahnt, jetzt umgab sie mich, es war, als hätte ich nur auf sie gewartet, hinter den Wäldern aus Stille hatte ich ihre Katarakte vernommen, jetzt schoß ich dahin inmitten ihrer Strömungen und Untiefen, ich hatte sie mir nicht aussuchen können, es war ein augustäisches Zeitalter, das mich trug, hinter ihm lagen die allmählich zerbröckelnden, verfallenden Republiken in ihrer vergangenen strengen Schönheit, vor ihm die Invasionen der Barbaren, sein statuarisch-leerer Blick ging über die von ihm aufgehäuften Ruinen hinweg. Tausend Stimmen waren um mich, sie schrieen und hauchten, sie lockten und warben, sie versprachen und spotteten, ich lauschte und antwortete, es war gleichgültig, ob man mich vernahm, die Sonne hatte den Zenith überschritten, schmerzlos war das Alter gekommen, ich hatte mich aus dem Schatten der Hecke erhoben, immer noch hörte ich den Gesang *Die Treu ist hier, sollst liegen bei mir*, ich müßte auf die Uhr sehen, ob es schon Zeit ist in der Zeit nach Hause zu gehen, da ist keine Uhr, ich muß sie vergessen haben, sie liegt irgendwo in meinem Zimmer, und immer noch der leise Ruf *Heran, heran*. Die Nacht kommt über die Berge. Nein, wir wollen noch nicht auseinandergehen, laßt uns noch das kleine Beethoven-Trio spielen, nicht eines von den großen, das kleine, op. 11, so viel Zeit haben wir noch, ich liege ja schon, es ist mein Bett, ich bin aufgewacht und schaue durch das Fensterviereck nach oben, der zweite Satz hebt an mit einer aufsteigenden Quarte, der eine aufsteigende Quinte folgt, ein großer Augenaufschlag, die Welt könnte gut sein, und ihr könnt ertragen, was ihr tragt, ohne zu erblassen, ohne aufzuschreien, *dîtes ces mots Ma Vie Et retenez vos larmes*, die Nacht, die Nacht, da ist wieder E.'s Stimme, der Blick aufwärts durch das Fensterviereck, *der Vollmond steigt, der Nebel weicht*, die Nacht über den Wäldern, über dem Meer, über den Bergen, das Schweigen, das das leere Gelärm überwächst, und das machtvolle, das unaufhaltsame Wiegen, und der Blick aufwärts, der sich nicht mehr abwendet, *und der Himmel da oben, wie ist er so weit.*

MIR TRÄUMTE, ich ging über die Gleise der Wiener Bahn auf die nahe, mitten im Ort gelegene Station der Bergbahn zu, die von Sankt A. auf die nördliche Bergkette hinaufführt. Ich fühlte mich als Kind, aber ich sah deutlich die modernen Autos auf dem Parkplatz der Bergbahn und ich wunderte mich, daß ich schon längst erwachsen und nicht einmal mehr jung war. Im Augenblick, da ich am Schalter mein Billett löste, war ein Entschluß in mir gereift, der unumstößlich zu sein schien, an den ich aber nicht denken wollte. Schon schwebte die Kabine mit mir davon, sie war dicht mit Ausflüglern in Bergsteigertracht besetzt, auch ich trug Bergstiefel, ich versicherte mich dessen mit einem kurzen Blick, dann schaute ich hinaus, die Hotels und Autos verkleinerten sich rasch, ein Fenster stand offen, ich hielt einen Schlüsselbund in der Hand und ließ ihn in die Tiefe fallen, was niemand bemerkte. Die Leute um mich lachten und plauderten, die meisten verließen die Kabine schon beim ersten und zweiten Haltepunkt, wir waren nur noch wenige, die zur Endstation auf dem Gipfel weiterfuhren.

Der Tag war wolkenlos, ich sah die Ausflügler an den Fernrohren, durch die man die Alpenkette bis zur Bernina und selbst bis zum Montblanc hin betrachten konnte, ich hielt mich abseits, die Menschen verloren sich auf der Plattform, niemand schaute in meine Richtung, ich stieg über das Geländer und sprang auf das schneebedeckte Gestein, das kaum zwei Meter tiefer lag. Rasch entfernte ich mich kammwärts von der Station, blickte mich nach einer Minute um, ich war unbemerkt geblieben.

Den Kamm erreichte ich schnell, ich ließ ihn hinter mir, die Berge, die ich jeden Tag vor Augen gehabt hatte, das Tal mit seinen Dörfern, all das war verschwunden, schon beinahe vergessen, eine neue Landschaft breitete sich aus, ein kleines Schneefeld zuerst, dahinter ein neuer, unbekannter Bergkamm, Bergzüge bis zum fernen Horizont, auch tiefer liegende Waldstücke. Kein Kabel war mehr sichtbar, kein eiserner Träger, kein Haus, furchtbar und wohltuend tat sich eine große Einsamkeit vor mir auf. Ich ging in nördlicher Richtung davon mit der Absicht, etwa die gleiche Höhe beizubehalten, ich wollte nicht nach unten, wenn mich das Gelände zwang, tiefer zu steigen, versuchte ich, gleich wieder an Höhe zu gewinnen, was mir leicht fiel. Der Himmel war von einem tiefen saugenden Blau.

Ich achtete nicht auf den Stand der Sonne, ich bemerkte das Hereinbrechen des Abends erst, als von den länger werdenden Schatten Kälte her wehte. Mir wurde nicht kalt, ich fühlte mich behaglich in meinen festen Kleidern und Schuhen, auch das Gewicht meines Rucksacks, in dem einige Lebensmittel steckten, bereitete mir Behagen, Sterne begannen groß und bewegungslos über mir zu scheinen, ich setzte mich in eine Vertiefung der nächsten Felswand, aß etwas von meinen Vorräten und war rasch eingeschlafen.

Auch die nächsten Tage verliefen nicht anders. Ich ging über die Berge, ich empfand keine Langeweile, keine Ermüdung, keine Furcht. Auch wunderte mich nicht, daß ich niemand traf, es verlangte mich nach keiner Begegnung, das Gebirge war leer. Die leise Bewegung der Luft, das Wandern des Lichts auf einem verkrüppelten Baum tief unter mir, das Schweben eines fernen Raubvogels genügten mir.

Ich wußte nicht, wieviel Zeit vergangen war, als ich in das Vorgebirge eintrat. Die hohen Wände wichen zurück, bewaldete Hügel erschienen, eine Meeresbucht öffnete sich weit vor mir. Am Ufer erblickte ich wie durch ein Vergrößerungsglas eine Stadt in der Ferne, im Schatten des Gesträuchs pflügte ein Bauer, nicht weit von ihm stand der Hirt am Stab, wie ich ihn als Kind in den Bergen gesehen hatte, über dem

schäumenden Wasser schwellten sich Segel, hervorblitzte
der Fuß eines Versinkenden und am Horizont ging eine strahlenlose Sonne unter.

Bald aber wandelte sich das Licht. Ich war nun doch weiter nach unten gestiegen, die sinkende Sonne war hinter den Felsen verschwunden, auch das Meer war nicht mehr sichtbar, nur ein Nebenarm durch lange Landzungen und durch ein entlegenes Gebirge von der Hauptmasse der Gewässer fast getrennt, trat weit in den Vordergrund und erschien so als ein ruhiger, von ein paar abendlichen Fischern befahrener See. Das Licht hatte die sanfte überwältigende Bläue angenommen, die mich in der Arena von Padua umgeben hatte, zum Horizont hin wurde es allmählich zu einem sehnsüchtigen Rosa, über das sich eine Kette von oben weiß angestrahlten Wolken hinzog, am Boden blitzte es golden zwischen den Schatten auf, die mächtige Wipfel auf die Lichtung warfen. Männer und Frauen saßen in zwei oder drei Gruppen halbnackt oder in rote, weiße, gelbe Gewänder gekleidet in erstarrter, sinnender Ruhe auf der Lichtung, hinter der sich links ein kleines Kastell erhob. Ich spürte den lauen Wind, ich hörte ein Flüstern, eine Stimme wiederholte: Immer, immer, immer..., vielleicht war es meine eigene, die Stille trat in mich ein, ich war ein Teil von ihr geworden.

STEPHAN HERMLIN

geboren 1915 in Chemnitz (heute Karl-Marx-Stadt), wuchs dort und in Berlin auf. Trat 1931 als Gymnasiast dem Kommunistischen Jugendverband Deutschlands bei. Von 1933 bis 1936 Tätigkeit in einer Berliner Druckerei und illegale Arbeit. 1936 Emigration: Ägypten, Palästina, England. Unterstützte die Spanische Republik im Kampf gegen Franco. 1939 in der Hilfstruppe der französischen Armee, danach in mehreren Lagern, 1944 mit Hilfe des Maquis Flucht in die Schweiz, wo er in mehreren Arbeitslagern interniert wurde. Mitarbeit in der Bewegung »Freies Deutschland«. 1945 Rückkehr nach Deutschland. Zuerst Rundfunkredakteur bei Radio Frankfurt. 1947 Übersiedlung in die damalige sowjetische Besatzungszone, nach Berlin. Mitarbeit in Zeitschriftenredaktionen und in der Weltfriedensbewegung. Seit 1950 Mitglied der Akademie der Künste der DDR, seit 1976 der Westberliner Akademie der Künste. Lebte in Ostberlin, wo er 1997 starb.

Zwölf Balladen von den großen Städten. Zürich 1945
Der Leutnant Yorck von Wartenburg. Erzählung. Singen 1946; Leipzig 1954; Frankfurt/M. 1974
Die Straßen der Furcht. Gedichte. Singen o. J. [1946]
Reise eines Malers in Paris. Erzählung. Wiesbaden 1947; Leipzig 1966
Zweiundzwanzig Balladen. Berlin 1947
Ansichten [zusammen mit Hans Mayer]. Aufsätze. Wiesbaden 1947
Russische Eindrücke. Ostberlin 1948
Die Zeit der Gemeinsamkeit. Vier Erzählungen. Ostberlin 1949
Die Zeit der Einsamkeit. Erzählung. Leipzig 1951
Mansfelder Oratorium. Text für ein Oratorium von Ernst Hermann Meyer. Leipzig 1950
Die erste Reihe. Ostberlin 1951; Dortmund 1975
Der Flug der Taube. Gedichte. Ostberlin 1952
Die Sache des Friedens. Aufsätze und Berichte. Ostberlin 1953
Ferne Nähe. Reisebericht. Ostberlin 1954
Dichtungen. Ostberlin 1956
Nachdichtungen. Ostberlin 1957
Begegnungen. Aufsätze und Berichte 1954-1959. Ostberlin 1960
Gedichte und Prosa. Westberlin 1965
Balladen. Leipzig 1965
Städte. Gedichte. Esslingen 1966
Erzählungen. Ostberlin 1966
Die Zeit der Gemeinsamkeit / In einer dunklen Welt. Zwei Erzählungen. Westberlin 1966
Scardanelli. Ein Hörspiel. Westberlin 1970; Leipzig 1971
Lektüre, 1960-1971. Ostberlin und Frankfurt 1973
Die Argonauten. Erzählung. Ostberlin 1974
Deutsches Lesebuch. Von Luther bis Liebknecht. Leipzig und München 1976
Gesammelte Gedichte. München 1979 (erweitert: Ostberlin 1981)
Abendlicht. Leipzig und Westberlin 1979
Lebensfrist. Gesammelte Erzählungen. Westberlin 1980
Aufsätze, Reportagen, Reden, Interviews. München 1980
Äußerungen 1944-1982. Ostberlin 1983
Bestimmungsorte. Fünf Erzählungen. Westberlin 1985
Stephan Hermlin – homme de lettre. Interview. Westberlin 1985
Texte, Materialien, Bilder. Leipzig 1985
Mein Friede. Rückkehr. Prosa. Ostberlin 1985
Traum der Gemeinsamkeit. Ein Lesebuch. Westberlin 1985
Scardanelli / Hölderlin. Berlin 1993
In den Kämpfen dieser Zeit. Berlin 1995

STEPHAN HERMLIN

Entscheidungen

Zum erstenmal werden sämtliche Erzählungen aus fünf Jahrzehnten
gesammelt: Sie handeln von Menschen in Zeiten der Gefahr
und von der Radikalität der Geschichte, die ihnen
Entscheidungen abverlangt.
»*Hermlins erzählerisches Werk hat hohe Qualität. Dieser Erzähler
spricht von Entscheidungen und gewährt Einblicke,
die seine Geschichten repräsentativ machen für die Zeit, aus der
sie entstanden sind, für das helle Licht des
Widerstandes, das in finsterer Nacht nicht erloschen ist.*«
NEUE ZÜRCHER ZEITUNG
Leinen. 412 Seiten

Bestimmungsorte

Fünf Erzählungen, in denen die Personen auf die anscheinend
unausweichliche Konfrontation verblüfft oder ratlos reagieren – freilich
stets mit der Vorstellung von einer anderen Welt, in der die Maschinerie
der Geschichte keine Fatalität mehr sei.
»*Hermlin erschließt Zeitgeschichte aus persönlicher Lebensgeschichte und
macht Gegenwart aus Vergangenheit begreiflich –
Geschichten mit deutscher Geschichte.*«
FRANKFURTER ALLGEMEINE ZEITUNG
Quartheft 136. 80 Seiten

Lektüre
Über Autoren, Bücher, Leser

Stephan Hermlin erzählt von Büchern und Autoren: der seltene
Glücksfall der Vorstellung von Literatur durch einen Schriftsteller.
»*Hermlin ist, das merkt man diesen Aufsätzen an, ein leidenschaftlicher Leser,
ein Kenner der Weltliteratur, und ihm gelingt das Beste, was möglich ist:
er kann seine Leser verführen, selbst zu lesen.*«
Jürgen P. Wallmann
WAT 276. 224 Seiten

Scardanelli / Hölderlin

Für viele ist Hölderlin ein blinder Seher in dunkler Welt. In Wahrheit ist es umgekehrt: Hölderlin hat die Welt gesehen, und die Welt ist blindlings mit ihm umgesprungen. Stephan Hermlin, ein großer Kenner Hölderlins, ist diesem Schicksal in einem ergreifenden Spiel nachgegangen. Es handelt von einem Mann, der sich eine andere Welt wünscht als die »ehern bürgerliche«, den aber diese bürgerliche Welt zensiert und zu einem gefährlichen politischen Unruhestifter erklärt.

Ergänzt wird diese Parabel von der Freiheit des Dichters durch eine Erzählung, die über zehn Jahre später entstand. Die Geschichte eines Widerstandskämpfers in Frankreich, der ebenso Hölderlins Gedichte bei sich trägt wie die Soldaten der Armee, die er bekämpft: »Einer der schrecklichsten Aspekte der Kunst besteht in ihrer Verwendbarkeit, die um so größer ist, je mehr wir es mit bedeutender Kunst zu tun haben.«

SVLTO. Rotes Leinen. 80 Seiten

In den Kämpfen dieser Zeit

»Ich nehme zur Kenntnis, daß ich einer Generation angehöre, deren Hoffnungen zusammengebrochen sind. Aber damit sind diese Hoffnungen nicht erledigt.« (Stephan Hermlin)

Die wichtigsten, zumeist unveröffentlichten Texte der letzten zwei Jahrzehnte. Dokumente politischer Überzeugung und Unerschrockenheit. Mit einem »Nicht beendeten Gespräche« von Christa und Gerhard Wolf.

Stephan Hermlin ist gewiß einer der letzten Homme de lettres, durchdrungen von der selbstgewählten Aufgabe, Literatur zu fördern, ja, zu verteidigen gegen die ›sozialistischen Zuchtmeister‹. In seinen Aufsätzen, Reden und Interviews hat er erstaunliche Meinungen geäußert.
Günter Kunert

Gebunden. Bleisatz / Buchdruck durch die Offizin Haag-Drugulin in Leipzig. 128 Seiten

Verlag Klaus Wagenbach   Berlin

Abendlicht
ist als zweiter *SVLTO* im September 1987 erschienen

*Ausgezeichnet von der
Stiftung Buchkunst
als eines der schönsten Bücher 1987*

9.–11. Tausend 1997
Ausstattung: Rainer Groothuis. Der Umschlag verwendet einen
Ausschnitt des Bildes *Das große Gehege bei Dresden* von Caspar David Friedrich
Gesamtherstellung durch Clausen & Bosse in Leck
Gesetzt aus der Korpus Bembo Antiqua (Linotype)
Leinen von Herzog, Beimerstetten
Printed in Germany. Alle Rechte vorbehalten
SVLTO ist patentgeschützt
ISBN 3 8031 1101 3